高三考生家长总动员

主编　郑日昌

机械工业出版社
CHINA MACHINE PRESS

内容简介

本书邀请著名心理专家和北京名校一线心理咨询教师，就高三考生家长可能遇到的各类常见问题作详细解答，以深厚的学养和丰富的经验做基础，提供恰切实用的解决方法，相信会让束手无策的家长们豁然开朗。

图书在版编目（CIP）数据

高三考生家长总动员/郑日昌主编. —北京：机械工业出版社，2011. 8
ISBN978－7－111－35660－8

Ⅰ. ①高… Ⅱ. ①郑… Ⅲ. ①高中生-家庭教育-经验-中国 Ⅳ. ①G78

中国版本图书馆 CIP 数据核字（2011）第 166531 号

机械工业出版社（北京市百万庄大街22号 邮政编码100037）
策划编辑：陈朝阳 责任编辑：陈学勤
版式设计：张文贵 责任印制：杨 曦
保定市中画美凯印刷有限公司印刷

2011 年 8 月第 1 版·第 1 次印刷
165mm×220mm·16 印张·174 千字
标准书号：ISBN 978－7－111－35660－8
定价：32.80 元

本书编委会

主　编　郑日昌（北京师范大学）

副主编　傅　纳（北京师范大学）

参　编　（按汉语拼音排序）

陈彩霞（北京市八一中学）

陈　萱（北京市东直门中学）

高永金（桂林市教科所）

郭俊彬（北京市第二中学）

李　婕（中国人民大学附属中学）

任艳红（北京市日坛中学）

沈湘秦（北京师范大学附属中学）

张良如（北京晨报）

主编寄语
知己知彼，用爱陪伴

孩子进入高三，即将迎来他人生迄今最为重要的考验和挑战，兴奋与激情同在，挑战与压力并存。而对于许多高三学子的家长来说，又何尝不是这样，他们内心一方面充满着期待和盼望，一方面又多有焦虑和紧张——他们的心情一点儿也不比自己的孩子轻松，甚至还要更复杂。

家长们的这种心情其实完全可以理解，因为天下的父母都爱自己的孩子，他们都在为孩子在这场至关重要的战斗中能否取胜捏一把汗，也都希望能帮助孩子过好这一关。而实际情况是，并不是每一位高三考生都能顺利度过这一年，他们可能碰到或者说必然碰到许多的问题，但确实，当孩子们带着他们的问题寻找答案的时候，并不是每一位家长都能给出满意的答复。而解决不慎，每一个问题都会给孩子的高考甚至人生带来很大的负面影响。这种束手无策的感觉会让家长们更感紧张和焦虑。

但紧张无济于事，焦虑也同样无济于事。家长们要做的是了解这些问题的来龙去脉，并且寻找解决的办法。

应当说，高三考生遇到的问题有着许多的相同之处。在本书中，我们就收集到历届考生家长反馈的近九十个典型问题，并且对不同的问题进行了大致的分类。对每一个问题的回答，都力求详细实用，但又不乏学理上的解说，使家长们能举一反三。参加本书编写的，大多是北京名校一线心理咨询老师，他们对问题的回答在咨询实践中被证明是有效的，但我们仍然要说，这里提供的肯定不是严丝合缝的标准答案，所有问题的答案只有一句话，了解自己了解孩子。我们所能提供的，仅是一种路径，但顺着这个路径寻找，必然有所收获。

爱孩子，我们才甘愿陪孩子走过漫漫征途，掌握爱的方法，我们的后盾才更坚强、更可靠……

2011 年 8 月

目 录

家长心态篇

郭俊彬 陈彩霞 郑日昌 编写

1. 家有考生，家长应如何调整自己的心态？

案例

"孩子今年要参加高考了，全家人都特别关注，尤其是母亲更是紧张得不得了，为了全身心地投入到孩子复习的后勤工作中，她几乎取消了自己的所有活动，不仅力求做到生活照顾方面的无微不至，而且还到处打听学习辅导方面的相关信息。如果孩子的状态不错，她会异常兴奋，做什么事情都很有劲头，但如果出现考不好或学习效率下降的情况，她就开始着急上火，焦虑万分，经常会有一种透不过气来的感觉，还动不动就发脾气，有时孩子还没怎么呢她就已经开始发作了。"

在回答这个问题之前，先请家长看一个资料：某记者对一些高三家长的调查结果显示，有多达45%的家长说孩子参加高考自己很紧张；25%的家长认为如果孩子的成绩不理想自己无法接受；20%的家长因担心孩子的学习而心烦意乱；10%的人不知如何处理孩子高考与自己工作之间的关系。记者通过深入分析发现，有90%以上的高三家长都或多或少患有"恐高症"。

再请看针对某校高三学生一模后的一项调查：80%的学生认为如果第一次模拟考试不理想，会影响心情和学习动力；仅有25%的学生认为模拟考试只是检验学习状况的手段，有助于自己查漏补缺，同时对考试结果能有效应对。究其原因：40％的学生称因无法忍受家长唠叨而影响到情绪的稳定性，出现了挫败感、自我否认、自我怀疑，甚至退缩，想放弃高考等心理反应；而希望老师和家长不再总围绕学习成绩唠叨的学生占到了总调查人数的75％。

　　看完以上两组资料和数字的比较，家长肯定已经感受到自己的心态和行为对孩子高考的影响，一般来说，家长对于孩子，有着巨大的暗示力量，父母积极的心态必定会使孩子产生良好心态，为他们的高考加分，反之则会产生负面影响。基于此，我们建议家长做到以下几点：

◎ 第一，对自己有清晰的定位

　　在面对高考这一问题上，家长要时刻牢记自己只是高考的助跑者，而非运动员本身！所以家长只应该起到辅助作用，切忌喧宾夺主，避免加重孩子的焦虑感。

◎ 第二，工作和生活正常化

　　家长千万不要把自己所有的快乐和幸福都建立在孩子高考这一件事上，而要拥有自己独立的空间和活动内容，工作和生活一如既往，用自己轻松的姿态在潜移默化中平复孩子的紧张情绪，让他们以一种更专注的状态投入到学习中去。

◎ 第三，改变期待孩子每次都要考好的想法

　　高三这一年孩子要参加多次考试，有月考、期中考试、期末考

试、一模考试和二模考试等，没有一个孩子能确保每一次考试都比上一次考得好，因此考试成绩有波动也很正常，家长一定要从内心接受这一点。

有的家长说，孩子上次考试成绩很好，名次比较靠前，这次考试却掉了不少分，名次也靠后了；还有的家长说，孩子拿手的数学这次考砸了，弱课英文却考得出奇的好，这样忽好忽坏的真让人担心。

其实出现的问题不简单是孩子的问题，更是家长理解的误区。高考前的一些重要考试，一方面是检验学生的知识掌握程度，另一方面是帮助学生查漏补缺。学生只有把查漏补缺的问题解决好，弄明白了，才会离高考成功越来越近。

从某个意义上讲，平时考得不好是件好事，暴露出学生还未充分掌握的知识，只要把这部分知识掌握好了，高考自然就考得好。如果平时没有暴露问题，到了高考时恰好碰到这些难题做不出，那才是真正的考砸。因此家长一定要走出误区，不要有期待孩子每次都要考好的想法。

◎ **第四，关心要适度，监督有分寸，对孩子做到心中有数**

家长首先要对自己的孩子有信心，相信他们有一定解决问题的能力，没必要事事过问，否则会引起孩子的反感，加重他们的心理负担。实际上，孩子的学习成绩主要与以下的几方面因素有关：自我认同和自信心、目标和成功预期、情绪控制、努力程度等，所以家长只要在这些方面做一些分析性或纠正性的指导就很好，至于具体要做哪些题目、看哪本书，家长大可不必盯得太死。

◎ 第五，用平常心代替高期望，要减压不要施压

某位孩子高考优秀的家长说："每个孩子的情况各不相同，只要孩子尽了力，就是最大的成功，我们从不给孩子下达不切实际的目标，过高的期望容易让孩子产生逆反心理。"其实，这就是父母的一种平常心，对于孩子的成绩、名次，尽量不作具体要求。

如果孩子本身好胜心已经很强，或者对高考已经表现出过度的紧张和焦虑，家长一定不要再渲染高考的重要性，还要注意给孩子减压，用自己对高考的平常心态去影响孩子。比如家长可以对孩子说"只求正常发挥，考出你自己的水平就是胜利"、"你就把高考当成第三次模拟考试来对待，你是久经沙场的老将"等，用这些语言让孩子感受家长的平常心，从而减轻对于高考的压力。

◎ 第六，改变聚焦，以肯定和鼓励为主

家长要学会改变聚焦，换个眼光和角度看孩子。家长不要总盯着孩子的失败，要善于发现孩子的努力，看到孩子点点滴滴的进步并及时鼓励。家长不仅要关注孩子的考试结果，更要关注孩子的学习过程。

家长要尽可能做到不埋怨、不唠叨，用积极乐观的心态去影响孩子。比如：当孩子自卑、愁苦的时候，家长要用真诚积极的语言鼓励安慰孩子："虽然你以前的基础不太好，但是爸妈已经看到你这一阶段很努力地学习，确实掌握了很多以前遗留下来的知识点，不要急，爸妈相信你继续这样坚持下去，一定能赶上来的"；"你在爸妈心目中一直都是最棒的，爸妈一直很欣赏你解决困难的勇气，相

信这次学习上的困难你一定会解决的，爸妈愿意帮助和支持你。"家长始终能给孩子鼓励和信任，这是给孩子巨大的精神支持，孩子能真心感受到父母对自己的爱，产生强大的克服困难的心理动力和勇气。孩子在父母的理解和强大精神鼓舞下，便能更快、更勇敢地克服困难，找回学习上的信心。

总之，家长只有调整好自己对高考的认识，以平常、积极乐观的心态，多理解和鼓励孩子，才是对孩子真正的帮助。 （以上陈彩霞）

2. 家长如何借助高考塑造孩子坚韧不拔的毅力？

谈起高考，人们总是想到做不完的习题、作业、考试，以及竞争、压力、疲倦等负面的影响。事实上，既然高考作为相对公平的、主流的人才选拔方式还将在一段时间内长期存在，既然孩子一定要面对高考、应对高考，家长不妨少谈些负面影响，关注一下在备战高考的过程中，可以培养孩子哪些方面的良好素质。

帮助人们获得成功的优秀素质有许多，我们并不需要面面俱到，选择几个主要的方面加强锻炼，就可以在学业和生活上获得长足的进步。下面谈谈备战高考的过程怎样有助于培养孩子坚忍不拔的毅力和持之以恒的精神。

这里就拿统练做例子。统练，高三学生最熟悉，老师把一个个知识点、一个个模块编排成一份又一份的习题，对学生的知识结构进行拉网式排查、地毯式搜索。说实话，这个过程非常磨炼人的毅力和持之以恒的精神。有人会把它看得单调乏味，而有人居然就能做到乐在其中。请看一位重点中学高三学生写的《我爱统练》：

我爱统练。因为统练，每天清晨，我都会满怀希望地去上学；每天上午，我都会满怀希望地去听课；每天中午，我都会满怀希望地去吃饭；每天下午，我都会满怀希望地去为即将到来的统练而摩拳擦掌。统练是我一天的希望所在。因为统练，我生活得很充实。

我爱统练。统练没有压力，因为它不直接关系到我的未来前途；统练又有压力，因为它是正规的考试，而我看重每一次考试。正是这种不松不紧的氛围让我达到最佳状态。统练时，我总能敏锐地发现题目的"陷阱"，那个时刻的喜悦即使在分数下来以后，仍让我回味无穷。

我爱统练。统练后与其他同学比分，较量个高低，是高三必不可少的项目。如果能够"一览众山小"，我会高兴两三天；若是不幸在年级"泯然众人矣"，我也会花一个晚上面壁思过。不过大多数情况，我与那些高手都互有胜负，"胜故欣然，败亦坦然"嘛。

我在高三有一个"统练伙伴"。他与我一样，视每次统练如高考，且他的实力亦甚强。我们还有一个相同点，都不太谦虚。每次分数下来后，我们中的胜者都难免流露出对对方的挑衅。如果某次输给他，我会好几天感到耻辱。而这种耻辱感正是我学习的最大动力。于是一天一次的统练就让我这个疏懒的人勤奋起来。

我还是个知足常乐的人。但我们班的强手居然几乎都扎堆坐在我那片，每次统练，我们那片人很快就能知道其他人的分数情况，不免要比一比。比输了，我又不服人家，只好下次争取超过他们。还好，每天都有机会，于是每天都有目标。渐渐地，我发现，我也成为强手中的一分子。是统练让我这个知足的人在不知不觉中取得了进步。

家长看了这样的文字，会明白孩子经历着怎样的磨炼，会领悟如何去支持孩子。

除了统练，家长还可以充分利用模拟考试帮助孩子增强毅力。每次成绩出来，不论好与不好，都要认真分析得在何处，失在何处，引导孩子把目光聚焦在"分析问题、解决问题"上，而不是紧盯着一个分数。个别家长面对孩子的分数时，情绪反应较强烈，能够给予孩子的实质性帮助却很少。久而久之，孩子也养成光抒情、不理会问题的务虚做派。

总之，要想让孩子处变不惊、坚韧不拔，家长首先要坐得住，沉住气。从统练、周测、月考、模考等各个环节帮助孩子分析得失，磨炼毅力。这些，都在为最终的高考积累宝贵的非智力因素。

3. 家长怎样给孩子做好后勤保障工作?

在孩子高三（其实从高一或者更早就开始了）的学习过程中，多数家长的角色和职责都是"搞好后勤"，因为我们上不了"前线"。高中阶段知识的深度大大增加，即使能辅导孩子的家长也仅仅局限于某一门（或几门）功课，难以做到像学校里各门课的任课老师那样熟练和游刃有余。有些家长把"后勤"简单理解为"给孩子加强营养，让孩子吃饱吃好，并且督促他学习，想报什么班儿都给报上……"这很有道理，但还不够全面。家长以及家长营造的整个家庭的物质环境和心理氛围应当成为孩子身心能量的加油站。建议家长朋友注意以下方面：

◎ 第一，保持平和心态，不把高三特殊化

到了高三，家长不要把孩子特殊化，认为孩子上了高三，除了学习就是学习，什么也不让孩子干，恨不得把所有的时间都用在学习上。其实这样做的家长往往会发现：孩子的成绩未必真的就扶摇直上，反而是心情烦躁，与家长时有冲突，对自己无微不至的照顾和体贴似乎并不领情！这让很多家长委屈而不解：难道自己做得不对吗？其实原因很简单，人不可能变成学习机器，就算24小时不吃饭不睡觉，孩子也不可能连轴转地学；就算真的一刻不离书桌地学，效率也不会高，因为人必须劳逸结合，体育运动、做家务、与家长简短交流等，都是孩子换脑子、放松心情的好方法。

此外，家长也不要把自己特殊化。有些家长，从外表一下就能看出是高三孩子的家长，因为他的眼神、语气、话题和动作都在传递心底的焦虑。连外人都能看出来，更不用说自己的孩子了。生活在这样的家庭中，孩子很难轻松愉快地学习。建议家长努力营造一个温馨和谐的家庭氛围，不要刻意制造紧张压抑的氛围；不要反复强调高考的重要性和意义；生活节奏没有必要做大的改变，饮食上也不要顿顿大鱼大肉，以清淡爽口有营养为原则；家庭成员之间要相互尊敬，和谐忍让，尽量减少矛盾冲突。对孩子的态度应保持常态，不应过度关爱，以免孩子感到难以承受。

◎ 第二，建立与孩子成绩相匹配的奋斗目标

上了高三，家长和孩子总会谈起将来的目标。这时，家长应当抱着冷静、客观、关切的姿态与孩子交流，引导孩子关注的目标应"与成绩相匹配"，也就是说，孩子能上什么大学是由他的学习经历

以及近一年来的努力和成效决定的，而不是主观想上什么学校就能上。因此，家长应冷静客观地引导孩子建立动态的目标体系，在自己的成绩上下找一个区间，有最高目标，有最低目标，而不要非北大清华不上。最高目标的作用是激励孩子去奋斗，也就是法乎其上；最低目标的作用是减压，让孩子感觉只要达到自己目标区间里的任何一个，都算成功。不能孤注一掷。常见一些家长刚开始对孩子的现状和潜力不够了解，期望值定得很高。后来发现孩子学得很吃力，成绩提高很慢，又开始安慰孩子"你考成什么样爸妈都能接受"，前后的反差让孩子感觉父母已经缴械投降、对自己失去了信心。面对这样的情形，有的孩子会把失望埋在心底，有的会因为愤怒与父母发生冲突。这些反应都不利于孩子保持平静的应考心态。因此，提醒家长朋友，对孩子的期望值一定要适中，要既对孩子具有激励作用，又不是遥不可及，而是通过努力可能达到的。

◎ 第三，尊重孩子的学习方式和复习策略

经过 11 年的学习生涯，每个孩子都已经形成自己独特的学习习惯和学习方式。习惯的神奇之处就在于：它具有惯性，也就是维持现状的性质，要想改变它，必将付出数倍的努力。有的家长以前没有关注孩子的学习习惯，只要成绩过得去就不太着急。到了高三，尤其是看到孩子成绩提高慢的时候，才发现孩子的许多学习习惯和学习方式不够科学、合理，因此下定决心要加以纠正。如果孩子自身也拥有矫正的愿望，乐于配合，那当然皆大欢喜。但是，如果孩子的这种习惯成型已久，矫正起来会给孩子带来很大的焦虑和痛苦，或者孩子不愿意矫正，家长一定要慎重，不要因小失大、顾此失彼，因为强硬要求矫正很可能既影响成绩又伤害亲子之间的感情。因此，

请家长朋友一定要尊重自己孩子的学习方式和复习策略。只要这种方法和策略还在发挥作用，就不要完全抛弃它。在此基础上小修小补可能更容易被孩子接受。

总之，请家长朋友在安排好孩子饮食起居的前提下保证自己情绪的稳定，注意用自己的积极乐观去冲淡孩子心中的紧张不安，用微笑传递你的信任、激励和关爱。

4. 高三复习的最后阶段，家长如何在生活和学习上帮助孩子？

现在已经进入复习备考的最后阶段，由于长期的复习、考试周而复始，再加上天气越来越炎热，小杰感到身心都很疲惫。细心的父母仿佛早已猜到女儿的心思，每天准备的食物非常可口清淡，每餐都有一道清香美味的汤吸引着她，本来没有胃口吃主食，可是看着爸妈精心准备的迷你花卷、椭圆豆包，或者半碗香喷喷的番茄鸡蛋拉面，她都忍不住要多吃几口；饭后的酸奶、水果等妈妈也是准备在老地方，从不催着、逼着她必须吃掉，这让小杰心理非常放松；学习上也是，爸妈从不讲大道理，而是放心地由小杰自己把握节奏，考得好与不好都不会大呼小叫，而是认真地提醒她"把做错的地方弄明白、下次争取别再错了"。小杰从心底里感到父母对自己的信任和关爱，她细心踏实，一步一个脚印地走，在不少同学疲倦懈怠的最后阶段反而不断进步，最终考上一所二本院校，取得了属于自己的成功。

小杰父母的做法对家长朋友很有启示意义。大考在即，怎样的陪伴才能让孩子平心静气、砥砺再战、坚持到最后的胜利呢？

◎ 首先，生活关心科学适度

饮食是生活中最重要的一环。像小杰的父母那样，要精心为孩子准备三餐。食物安排上，最好要清淡和色香味俱全。要变化烹调方法，让孩子进食愉快。

比如，早餐可以吃馒头、花卷、黑面包等粗粮食物，加一个鸡蛋、一杯牛奶，一小碟炒青瓜或凉拌番茄，补充丰富的维生素 C。如果孩子早晨食欲不佳，可以花样多一些，每样都少吃一些，摄入足够的能量以维持上午繁重的学习任务。午餐尽量让孩子吃饱，要保证摄入 200～300 克米饭，肉类可食用 1/4 只鸡肉，加上一个热炒青菜，一个凉拌菜，还可以煲清淡的汤，既开胃又不上火。晚餐不要吃得过饱，以粗粮为主更健康。煮一碗黑米粥，一条清蒸鱼，香菇炒白菜，多吃青菜和水果。睡前喝一杯酸奶或牛奶，促进睡眠，不要吃饼干和膨化食品。睡前不要吃得过饱，一定不要服用安眠镇静剂等药物辅助睡眠，以免形成依赖。由于天气炎热，考生一定要多喝水，防止脱水。每天要摄入 1500～2500 毫升白开水。白开水喝腻了，家长可以给他们煲汤喝，鸡汤够营养，番茄鸡蛋汤美味，绿豆汤消暑解毒，酸梅汤开胃，橘汁补充维生素 C……生吃瓜果一定要去皮，或者洗净消毒后连皮吃。

体育锻炼也是生活中不可缺少的。高考到了最后阶段，是智力、体力和毅力的较量。家长应提醒孩子学习一段时间就离开座位做些轻松的运动，或者帮忙做些家务，洗洗碗、扫扫地，到楼下散散步。这样有利于转换思路，调整心态。不要让孩子玩电脑游戏、看电视剧，这容易分散考前注意力。可以让考生多看电视新闻，了解时事动态，有助于知识面的扩充。

◎ 其次，学习方面做好配合

家长一定要尊重孩子的复习习惯和节奏，不要指手画脚，可以在孩子愿意接受的前提下从旁做些辅助性的工作，包括：帮助孩子把教科书、教参、笔记、试卷分类放好，各类物品以科目标记，按顺序摆放，以便孩子取用。如果孩子愿意，可以替孩子抄写错题本，方便孩子巩固时重新做一遍。已经形成辅导习惯的家长，可以帮助孩子分析试卷。若长期以来一直只做后勤的家长，现在维持现状就好，没必要一反常态，喋喋不休，影响孩子的情绪。

常言道：气可鼓不可泄。真诚提醒家长朋友：接受孩子的现状，对孩子抱有充分的信心。父母无言的关怀、默默的行动，会给孩子一种轻松、自信的感觉，会帮助孩子发挥自己应有的水平。

5. 家长是否要放下工作来陪伴孩子？

案例

王强在本市一所区重点中学就读。与同龄人中贪玩的孩子相比，他属于比较用功的。可是，进入高三以来，父母始终认为他没有把全部精力投入到学习上。一模之后，妈妈干脆向单位领导请了长假，冒着扣工资、罚奖金甚至被解聘的危险，在家里做起了全职妈妈。现在，王强在家里根本学不进去，因为妈妈不是反复"侦察"他的状况，就是不知疲倦地重复"万一考不上好大学将来如何如何"，王强心里很烦闷，即使关起门在自己房间里看书，心思也集中不到书本上……

上述案例中母亲的做法虽然比较极端，但在一小部分家长中确实具有代表性。这样的家长要么对孩子寄予厚望，希望孩子光耀门楣，要么孤注一掷，希望孩子实现自己没有实现的人生愿望。不管怎样，对于本来已经很自觉学习的孩子来说，父母放下工作专心致志地"陪伴"还是有诸多不明智之处。

首先，全职陪伴给孩子一种被"监视"的感觉，会感到父母不信任自己，不放心自己，因此可能产生抵触情绪；其次，全职陪伴的家长如果不能保持安静，不能给孩子一个宽松的环境，对孩子的心态和学习都难以产生积极的促进作用；再次，家长暂时放弃工作，就为了陪伴自己，一般孩子都会感受到不小的压力，认为家长为我付出这么多，万一考不上好学校怎么对得起家长？第四，长期单独相处难免发生口角和冲突，影响孩子的情绪和复习效果；第五，家长的工作受影响，如果孩子真的高考不尽如人意，家长会非常失落。

其实，家长和孩子真的是两个独立的个体。无论家长如何爱子女，都不可能代替他完成其人生职责。双方都守住自己的责任范围，做好自己分内之事，是对彼此最大的尊重。当然，这里并不是说全职陪伴就一无是处。对于个别家庭而言，如果父母长期与孩子交流欠缺，孩子的情感需求比较强烈，渴望父母能够陪伴自己，则另当别论。所以，任何举措都应当因人因时而异。

6. 孩子学习很刻苦，一般都是凌晨 1 点钟才睡觉。家长担心他休息不好，该怎么办？

到了高三复习的后期，不少孩子温课很辛苦，甚至凌晨 1 点钟睡觉也成为家常便饭。家长总是看在眼里，急在心里，担心孩子把身体搞垮。有些家长还会硬性给孩子规定必须几点睡觉，不允许孩子熬夜。这些都是家长的好意，无可厚非。但是对于家长的这番好意，并不是每个孩子都能心悦诚服地接受。因此，对于这个问题，建议家长朋友区别对待，灵活处理。

如果自己的孩子身体比较健壮，饮食不挑剔，营养跟得上，而且晚上学习确实有效率，那就不要随意阻止，可以提醒孩子不要连着开夜车，周末或者每隔两三天安排早睡一次，补补觉。这样的劝慰孩子还是可以接受的。

如果你的孩子身体比较弱，开夜车是怕比别人学得少了，硬撑着熬夜，实则没有什么效率，还会影响第二天在学校的复习质量，家长就要引导孩子偶尔作业多的时候可以拖长时间，平时不能损耗体力。家长的话孩子如果不愿意接受，可以找班主任、孩子信任的任课教师、学校里的心理老师等加以开导。有些时候，同样的道理，家长说孩子就觉得听腻了，换个人说，他可能就接受了。

　　事实上，高三的孩子睡得晚是很普遍的，即使没有熬到半夜 1 点，他们的睡眠也达不到应有的时间。家长需要掌握一些饮食、情绪方面的调理方法，帮助孩子缓解熬夜带来的负面影响。

◎ 为孩子准备富有营养的夜宵

　　比如：

　　小米红枣粥，小米中的色氨酸能助眠，红枣可以补气血，抗疲劳；

　　水果吐司沙拉，将时令水果切小块，全麦吐司面包一片，切成粒，再加上少量炒熟的杏仁或核桃仁同拌，加一点点沙拉酱拌匀，可以提供丰富的水果纤维和维 C，有利于加速脂肪分解，排除体内废物，一片吐司面包中的碳水化合物，可使血液中的复合胺细胞分裂素迅速提高，可让孩子放松，上床后迅速入眠；

　　燕麦冲牛奶，这是西欧的同龄人熬夜备考的夜宵，其对防失眠、减体重、补钙、补充维生素 B 以减轻疲劳感，非常有效，燕麦中的丰富纤维有利于瘦身，皂甙和丰富的 B 族维生素还有助于改善疲劳引起的神经衰弱、倦怠感和烦躁感。

◎ 帮助孩子提高睡眠质量

　　如果孩子告诉你"昨晚睡得特别沉"，家长可以留心昨夜的夜宵食谱，用相同的材料给他准备夜宵。莲子南瓜枣羹、牛奶冲燕麦、小米粥、桂圆百合汤，都有安神催眠作用，又富有营养，可以试一试。

◎ 帮助孩子保护视力

建议佩戴隐形眼镜的孩子回家后摘下隐形眼镜，使用对眼球刺激更小的树脂眼镜，可以减少"干眼症"，有利于泪腺分泌更多的泪水来润泽疲劳的眼睛。督促孩子坚持做眼保健操，延缓近视加深的进程，按摩下眼睑附近的穴位，还可以有效预防"熊猫眼"。另外，枸杞子泡菊花当茶饮，可以解眼内灼热、清肝明目降眼压；多给孩子准备瘦肉、鱼肉、猪肝等，可以缓解眼肌疲劳，预防视力下降。

◎ 帮助孩子科学用脑、心理减压

父母应引导孩子科学用脑，文理科复习交叉进行，保证大脑按时分片休息，每门课用功 50 分钟左右就要"换岗"。同时，父母可督促孩子有意识用左手刷牙，左手击球，也可以两只手一同运动，如单人跳绳、左右开弓写毛笔字，都是锻炼记忆的有效途径。因为大脑是对侧支配的，提高左手的灵活性，有意识地锻炼左手，带动右脑开发，对提高记忆力有着至关重要的作用。

此外，父母要善于营造幽默乐观的家庭氛围，随时观察孩子的情绪变化，为其做心理减压。越是升学考试近在眼前，父母越应该与孩子"谈点别的"。时事新闻，热门赛事，都是很好的放松神经的话题。何况现在的考试越来越联系社会现实，不能让孩子"一心只读圣贤书，两耳不闻窗外事"。重大的考试临近时，父母的心理疏导工作做得越好，孩子的状态越佳，越能发挥出应有的水平。

（以上郭俊彬）

7. 孩子参加考试，家长总是很紧张，怎么办？

案例

一位正准备高考的女生自述，每次参加考试，爸爸妈妈比她还着急；高考更是变本加厉，她特别怕回家，一回家就能够感觉到爸爸妈妈比她还焦虑的心情。在家她几乎成了稀有动物，多喘口气爸妈都要问为什么，一举一动似乎都有很多双眼睛监视着。高考临近了，爸妈更是连电视都不看了，每天就陪着她在桌前复习。

◎ 保持冷静

从上面的例子我们也可以看到，如果过度关注反倒会适得其反，使得孩子感受到强烈的压力和焦虑。有的家长也可能说，我们紧张焦虑不安，不正说明我们对孩子前途的重视么？其实这样做你也正在向孩子传达这样一种信息：这次考试可是事关重大，关系到前途和未来，必须拿一个优异成绩。在这种过强的压力之下，有的考生会产生种种心理障碍。他们很重视你们的行为，并且很多时候是以你们的准则来要求自己的行为的。因此你们的过度焦虑和关注带来的只会是消极的结果。

我们在这里强调，舒缓压力从我们家长自己做起。这段时间里，家长首先应该保持冷静，给孩子一种非常安全平和的感觉。

我们自己放松下来，保持和平时一样的心情，这样孩子也会随之轻松起来。即便是紧张异常，不容易一时调节好，也要尽量加以掩饰，绝不能让你的孩子看出你心神不宁，要让孩子感受到父母的信任和镇定。

很多家长的这些做法是不可取的：①不上班，在家陪孩子；②向孩子的同学和朋友问东问西，打听孩子的情况，俨然一副侦探的样子；③经常半夜到孩子的房间查看桌上的书籍。这样的行为不仅传达了你的焦虑心情，而且是对孩子的一种不信任。切记！

◎ 无为不关心 ≠ 不关心

有些家长很懂得教育孩子的艺术，虽然在孩子复习考试阶段自己也很担忧，但从不表现出来。不仅如此，他们甚至以漠不关心孩子般的相反行为来消除孩子的紧张。有一位父亲在孩子临近高考时，反而让孩子做起家务来，如洗衣服、买菜等。这位家长这样做至少可以有这样一些好处：①让孩子觉得家长没把高考当回事，孩子可能会想："临近高考了，还让我做家务，这也太不重视我了。让你们不重视我，我一定考一个好成绩给你们看一看。"家长没有压力，孩子的压力就会减少一半。②这样做使孩子能得到适当的休息。孩子复习很长时间了，他自己虽然不觉得累，但效果肯定差了，这时正好让他休息一下，换换脑筋，也许在买菜或洗衣服的时候他会整理自己复习的内容，从而更好地消化它。③适当地做家务还可以使孩子的学习效率提高。有的学生可能在复习的时候老觉得时间很充足，从而边复习边玩，注意力不集中，当他干完家务后，他不仅得到了休息，而且还有一种时间上的紧迫感，更能提高学习效率。

（以上郑日昌）

8. 马上就要考试了，同学们都很用功，他却不着急，不自觉学习，家长怎么办？

案例 ⤵

又快考试了，别的孩子都在辛苦念书，可是小敏一点考试的状态也没有。晚上回家先看电视，吃零食。如果父母不催促，她是舍不得离开电视屏幕的。回到自己房间里，她也很难安静踏实地学习，一会儿进洗手间，一会儿出来喝水吃东西。妈妈稍微提醒一两句，她就很反感，一句"我知道自己该干什么"把妈妈噎得说不出话来。至于晚上睡觉，父母倒是不用担心，小敏从不熬夜，11点准时上床睡觉。可是第二天早晨，她起床很困难，一副睡不醒的模样！这种懒散的状态让爸爸妈妈着实困惑：这孩子怎么一点都不自觉、一点紧迫感都没有呢？难道她不想考大学了吗？

与那些刻苦用功、争分夺秒、过分紧张甚至考试焦虑的同学不同，小敏代表了另外一类考生的状况：松懈倦怠、一副"满不在乎"的模样。他们无论听课还是做题，无论在学校还是在家里表现都相当"不在状态"。家长看着心急如焚，可是又怎么劝也劝不动！

一般来讲，这部分同学成绩大多处于中等偏下水平。他们在学习上懒散、主动性差、缺乏热情，上课时不够专心，不能很好地完成老师布置的任务。考试时他们也带有应付的倾向，勉强作答，遇到难题很容易放弃，不愿意苦思冥想。对于考试成绩，他们也不会过分在意，家长责备也是一副无动于衷的姿态。家长又急又气又无计可施！

其实，这部分考生的懈怠状态是"缺乏学习动力"的表现，其根源在于考生本身缺乏自信心。他们一般学习基础不牢固，学习能力和自控能力相对比较弱，至今仍没有找到适合自己而且高效的学习方法，心中的目标又不算低，与目前的现状一对比，自认为难以在短时间内迅速提升成绩，因此干脆放弃，怀着"就这么几天了，再学也没用了"或者"反正我就这样了"的心理熬日子。

偶尔，老师或家长的劝说或者有些同学树立的榜样、介绍的学习方法也会让他们心潮澎湃，激动不已，真想马上大干一场，把不会的知识全部弄懂！可是，一捧起书本，高涨的热情便会迅速退去，心中充溢着一种"无助感"和"失控感"——各科复习千头万绪、诸多题目下不了笔，公式符号那么陌生，背诵篇目多得吓人……想想自己的考试名次每每后退，身边同学自信而又忙碌，高考的日子已然迫近……似乎一切都让人无法驾驭，无能为力。因此，在这种不够积极的心态支使下，他们只能换一种思维方式"安慰"自己：再学也没用，来不及了，还是多玩玩吧，何必那么辛苦！如果这种自暴自弃的情绪得不到及时关注和有效疏导，恣意蔓延的糟糕情绪和放任自我的状态会给复习带来极大的负面影响。

◎ 首先，建议家长朋友要理解孩子的苦衷

由于知识落得比较多已经是既成事实，反复批评和数落自然不是好办法，只能使孩子的消极心理雪上加霜。家长首先要接受孩子的现状，不要幻想孩子在短期内突击拼命能创造什么奇迹。可以选

择或创造合适的机会心平气和地跟孩子谈谈对未来的打算，向孩子传递这样的信息：咱们不好高骛远，就在现有基础上努一把力，争取考上一所跟自己能力相称的学校。只要家长是真诚的，孩子就会逐渐放下心理负担，愿意一点一点地学，学多少算多少。

◎ *其次，家长要跟孩子一起找到最佳突破口，就是在哪些科目上下功夫会有比较明显的成效*

引导孩子把复习重点放在基础知识上，不再纠缠偏、难、怪题；在保持优势学科的基础上，再在弱势学科上多下功夫。当孩子感到父母是在切实地帮助自己面对问题、分析问题时，他们也会放下虚荣，认真地寻找切入点，努力增强自己的学习效能感。

对于这类孩子的家长，最关键的两个方面是：第一，不要拿自己的孩子跟别的任何一个孩子比，类似"××能做到你为什么做不到"，这样的反问带有诘难之意，对改善孩子现状没有任何帮助，最好不说；第二，有的家长为了安慰孩子，就说"没关系，你考成什么样都无所谓，上什么样的大学都没什么"，这样的话对孩子不但起不到宽慰的作用，反而会给孩子造成"父母已经对我不抱希望"、"我被放弃了"的错觉，那么原本缺乏力量的他只会更加消沉。

有些孩子反映：父母到了高考前夕突然显得很宽容，总说不在乎自己的考试成绩，这时他们会觉得父母不够真诚，因为此前父母并不是这么想的，是看到孩子的成绩难以提高了才不得不这样说。因此，提醒家长朋友真诚地接纳自己的孩子，当他的成绩进步时，不要一再加码；当他的成绩退步时，也不要抢先放弃！我们需要真诚地爱孩子，这种爱不以孩子的学习成绩为目的和前提。

　　"你是不是遇到什么困难了，我能帮你吗？"

　　"如果有麻烦了，让我们一起来面对！"

　　"要是相信爸爸妈妈，把你的困难告诉我们，咱们一起想办法！"

　　……

　　这样的语言能让孩子感受到来自父母的力量。能够帮助孩子在现有知识的基础上，多学一些，多一分收获，离成功更近一步。

9. 学校安排自习，孩子说不想上，想回家自己复习，家长该不该帮他请假？

案例

　　最近，王兰总让妈妈帮她请假，说去了学校也是上自习，老师不讲课了，她觉得在家里复习效果更好。刚开始，妈妈帮她请了几次。可是后来，妈妈觉得这样不妥，长时间脱离集体，不能跟同学交流，又不清楚老师的安排，复习是会受影响的。可是，王兰很不高兴，她坚持认为去学校上自习没意思，没效果，非要在家复习.母女俩搞得很尴尬。

　　在高三复习的后期，教师考虑到同学学习的个体差异，会安排较多的自习时间。在这种情况下，会有一部分孩子不愿意在学校上自习，总想让父母帮自己请假，回家复习。可是父母又往往认为：孩子每天去学校，不仅能跟同学保持交流，有不懂的问题还可以及时向老师请教，何乐而不为呢？于是，父母与孩子之间难免发生冲突。不少家长对此事感到很为难。

一般来讲，家长遇到这类问题不能一概而论，应该具体问题具体分析和对待。

◎ 首先，家长应跟孩子仔细分析一下在家复习与在学校上自习的利与弊

很显然，在家复习最大的好处就是环境比较安静，可以自己安排进度，提高复习效率，同时免去了路途上耗费的时间和精力。不利之处是什么呢？家里环境很自由，如果孩子的自控能力不够强，很容易精力分散，吃零食、上厕所、看课外书，甚至看电视、玩电脑、玩手机也不是完全不可能。如果孩子自控能力较强，由于一个人单独学习，遇到问题无法及时与老师同学沟通，无法知晓老师补充的内容，答疑解惑的机会就没有了，这多少也会影响复习的效率和信心。从心理健康的角度分析，高三孩子与同伴一起苦读的感觉是很温馨的，可以在一定程度上冲淡孩子学习的压力，摆脱孤军奋战的错觉。

◎ 其次，家长需要认真评估一下自己孩子的情况

平时学习主动不主动？自觉不自觉？能不能管住自己？进入高三以来复习认真不认真？总之，多问自己几个类似的问题，就很容易得出答案：孩子提出在家学习是真的希望按照自己的进度学，还

是想图清静，逃避学校紧张的空气，或者想在家自由地玩一玩，放松一下。如果确实想在家放松放松，偶尔为之，未尝不可。但是，如果孩子频繁地以学校吵闹、家里清静为借口不去学校，而且在家复习的效果并不明显，家长就不能总替他请假了，而应劝孩子回到集体中去。如果孩子平时在学校听课效率就不高，现在又把家里复习与在校复习搞成"两张皮"，家长也不要轻易让孩子单独在家复习。

◎ 再次，家长需要及时跟班主任联系，关心孩子的身心状况

有这样的孩子，他与同学闹了矛盾，心情不愉快，甚至不愿意看到对方，觉得别扭，学不进去，于是提出要在家学习。这时，学校吵闹就是他的隐性理由。如果家长从班主任那里了解到这些情况，应该与班主任商讨解决的办法。因为逃避不是上策。如果高考时俩人分在同一个考场，难道也要换考场吗？这显然是不可能的。因此，还是要鼓励孩子勇敢地面对问题，提高承受能力，提高抗干扰能力。

◎ 最后，提示家长朋友，调节一下家里的环境

凡是嫌学校吵闹的孩子，总是比较敏感的。为什么敏感呢？因为他在家里学习的时候，父母什么也不做，家里安安静静，一点声响都没有。可是在学校学习、在考场上答题的时候，总免不了有各种声响：咳嗽、翻动卷子、老师走动等等，根本不可能悄无声息。我们并不能因此就不考试了。唯一的办

法就是提高自己的适应能力，努力适应环境，才能发挥出自己
应有的水平。 （以上郭俊彬）

10. 家长如何才能和老师进行良好有效的沟通？

许多高三家长很渴望与老师交流，但在沟通中，也的确存在一
些问题。比如说，在和老师沟通时存有太多的顾虑，担心孩子的问
题暴露给老师后，会对孩子不利；担心交流会打扰老师；只愿谈孩
子的学习等。由于与老师沟通不得法，便无法得当地配合学校的
教育。

家长和老师沟通的重要性不言而喻，在此不再赘述。我们认为
家长在和老师具体的沟通前，首先要明确一点：家长和老师的出发
点和目的是一致的，或者说，为了孩子的高考和人生发展，家长和
老师是同一战壕的战友！做不到这一点，家长和老师的有效沟通也
就无从谈起。

下面从沟通对象、沟通内容、沟通时机、沟通方式、沟通原则
几方面来给家长提一些具体建议。

◎ **第一，沟通对象**

很多家长认为高三阶段主要应与孩子的班主任多沟通，却忽略了任课老师的存在。实际上，班主任老师虽然对全班负责，能够比较"宏观"地掌握班级状况，但是家长倘若想要了解更深层次的信息，还依然需要与任课老师有所接触。原因有三：

（1）最了解考生学习情况的是其任课老师，高三学生最主要的复习时间是在学校，一切复习工作也要与学校的复习进度相协调才会事半功倍。而制订复习进度的就是学生的任课老师，他们不仅要确保学生的复习进度与质量，而且非常清楚考生在每个阶段该做什么，不该做什么。

（2）任课老师与学生的沟通可以有效帮助其在考试过程中扬长避短，找到适合学生的有效学习方法。因此，没有人会比任课老师再了解考生的情况了。

（3）最能帮助考生提高成绩的是其任课老师。每所高中都一定会派出最优秀的老师来担当高三教学的重任。这些老师在自己所教学科领域里有很深的造诣，完全有能力很好地教好学生。

◎ **第二，沟通内容**

（1）了解孩子的备考状态。备考状态会直接影响备考效果。在这样一个敏感时期，学生的学习备考状态往往是老师最关注的。学生每天绝大部分时间都在学校里度过，老师尤其是班主任对其精神面貌和备考状态一般都会有全面动态的了解；相反，学生每天待在家里复习的时间并不多，且大多数的时间都是独处，家长对孩子的备考状态缺乏了解。等意识到孩子的状态出现问题的时候，这些问题往往已经很严重了。所以，首要的就是要与任课老师沟通，了解孩子有没有异常举动。

（2）了解孩子是否有偏科现象。一些靠平日积累才能得高分的科目，倘若在备考过程当中偏科，那就需要付出非常大的努力才有可能弥补。所以，应在孩子偏科情况刚刚出现的时候就采取相应的对策，提防偏科情况的恶化。

（3）了解孩子是否有备考误区。有些备考误区（如题海战术、一味延长学习时间等）具有极大的迷惑性，孩子会在不经意间陷入。而家长因不了解备考情况，往往也对孩子陷入的误区视而不见，甚至有一些误区竟成为家长眼中的"优势"。这就需要家长在与老师沟通时，多询问此类信息。

此外，孩子在校的心理压力、情绪状态等也应该是家长和老师沟通的内容，有一些孩子在学校和在家的表现差异还是非常大的，如果差异很大，也应该引起家长的及时关注。

◎ 第三，沟通时机

（1）高三的几次大考之后。高三的大型考试之后，孩子的成绩起伏较大，或是情绪不稳定时，家长要及时与老师进行沟通。并特别注意，不仅要在考生成绩跌落时沟通，在成绩有显著提高的时候也要进行沟通。只有明确了造成考试成绩起伏的最根本原因，才能为后面的复习做好铺垫。

（2）家长会之后一周之内。家长会上想要咨询老师的家长很多，如果一时排不上的话，则可以跟老师提前预约，在家长会后的一周内单独去学校拜访老师，这样既能在家长会时不给老师们带去更多的压力，也可以有更充分的时间与老师进行交流。

◎ 第四，沟通方式

沟通的方式有很多种，不见得一定要和老师当面谈，用邮件、笔谈、电话谈都可以，谈的时间也要先询问老师的意思。一旦和老师当面或电话谈，一次最好针对一件事，不要让老师感到太复杂，且每次的时间不要太长、也不要太频繁。

◎ 第五，沟通原则

（1）开放坦诚。家长既要让让老师知道孩子的优势在哪里，也要让老师知道他的弱点在哪里。在谈孩子有问题的部分时，重点也要放在问题的原因以及可以如何解决上。比如，家长可以根据自己对孩子个性的了解，认为孩子需要老师的鼓励，那就不妨真诚地恳请老师平时多鼓励和肯定孩子，只要对孩子的成长有利，老师一般都会配合的。

（2）相互尊重。作为家长，可以从老师那里获得孩子在校表现情况、学习上存在的问题、在班级中所处位置等问题；而作为老师，同样也可以从家长那里获得大量的信息、工作上的理解和支持等。这些都会使家长与老师结成和谐、融洽、彼此合作的教育同盟。因此，两者之间的关系本就不存在谁求谁的问题，在任何时候的沟通都应该本着相互尊重的原则。

（3）相互信任。信任是家长和老师教育同盟的保障。作为家长，并不是非常了解现行的教育教学制度，也普遍比较缺乏教育学和心理学方面的知识。因此家长在教育孩子的问题上往往会出现一些偏差，并且这些偏差有时是自己也不能感知的，甚至有些偏差也与老师的建议有很大出入。在这个时候，家长就要保持平和的心态，从自身角度出发去做自我检讨，积极与老师进行沟通，虚心听取老师的建议。

最后，希望家长以开放的心态、适当的方式，及时有效地和老师一起，为孩子的高考共同努力！

11. 家长会后，家长如何和孩子沟通？

在解答这个问题之前，我想先和家长分享一篇文章，题目为《一位母亲与家长会》，内容是这样的：

一位母亲第一次参加家长会，幼儿园的老师说："你的儿子有多动症，在板凳上三分钟都坐不了。"回家的路上，儿子问她，老师都说了些什么？她鼻子一酸，差点流下泪来。然而，她还是告诉儿子："老师表扬你了，说宝宝原来在板凳上坐不了一分钟，现在能坐三分钟了。别的家长都非常羡慕妈妈，以为全班只有宝宝进步了。"那天晚上，她儿子破天荒地吃了两碗米饭，并且没让她喂。

孩子上小学了，在一次家长会上，老师说："全班50名同学，这次数学考试，你儿子排第49名。我们怀疑他智力上有些障碍，你最好能带他去医院查一查。"回去的路上，她流下了泪。然而，当回到家里，看到诚惶诚恐的儿子，她又振作起精神说："老师对你充满信心。他说了，你并不是个笨孩子，只要能细心些，会超过你的同桌。"说这话时，她发现，儿子暗淡的眼神一下子充满了光亮，沮丧的脸也一下子舒展开来。第二天上学，儿子比平时都要早。

孩子上了初中，又一次家长会。老师告诉她："按你儿子现在的成绩，考重点中学有点危险。"她装着惊喜的心情告诉儿子："班主任对你非常满意，他说了，只要你努力，很有希望考上重点中学。"

高中毕业，儿子把一封印有清华大学招生办公室的特快专递交到她的手里，边哭边说："妈妈，我一直都知道我不是个聪明的孩子，是你……"这时，她悲喜交加，再也按捺不住十几年来凝聚在心中的泪水，任它打在手中的那只信封上。

看完这篇文章，我想家长们肯定会和我一样深深折服于文中这位母亲的良苦用心，其实每一位家长都可以做到如此，因为所有家长的目标都是一致的：往远了说是为了孩子人生的成长，往近了说是帮助孩子实现高考的梦想！为了这一共同的目标，家长在高三的家长会后和孩子沟通时还需要注意做到以下几点：

◎ 第一，不抱怨、不生气

在家长会上，有时老师难免会或直接或委婉地指出孩子身上存在的一些问题，如果不幸老师言辞激烈一些，家长在其他同学家长面前会感到很没有面子，再加上本身对孩子的期望较高，听到老师的批评往往气不打一处来，回到家后控制不住自己的情绪，对孩子进行抱怨和斥责。其实，这样做仅仅是发泄了家长自己的不满情绪，或者说只是解决了家长的问题，对于孩子的问题完全于事无补，有时反而会把事情弄得更糟。

"抱怨"不仅会暴露"我无力解决问题，只能表达不满"的秘密，更重要的是，当我们抱怨或排斥孩子的那些问题时，实际上反而会强化问题。

在生气和其他负面情绪的状态下，和孩子沟通不仅解决不了问题，还会把情绪传染给孩子。所以，家长自己有情绪时，先要调节好自己的情绪，再和孩子去交流。其实，高三的学生在学习上遭遇困难和挫折是再平常不过的事情，所以家长对待孩子问题的心态应该是平和、积极的，对待由于老师的批评而给自己带来的所谓面子问题时应该是开放的。

◎ 第二，多鼓励、不批评

在家长调整好自己的心态和情绪后，接下来就要琢磨用什么样的方式去解决孩子的问题了，很多经历过孩子高考的家长都极力推荐"多鼓励，不批评"的方法。比如，遇到孩子在重大考试中成绩下滑的情况，家长可以说："没关系，下次努力就行了"、"模拟考试的目的就是让你不断地适应高考，考得不好只能说明你还没适应，别着急，等你慢慢适应了，高考就没问题了！"、"你很幸运，幸亏这些失误是出现在模拟考试中，吸取了这些失误，在高考中就肯定不会再有类似的错误了！"等等。

"多鼓励，不批评"最关键的是，家长的这种积极心态赋予了孩子的问题正面的意义，也就是让孩子将注意力放在如何积极解决问题上。

◎ 第三，提期望，多建议

"只要能细心些，会超过你的同桌"、"只要你努力，很有希望考上重点中学"，文中这位母亲的语言满含着对孩子的期望和合理建议，也一直在激励着孩子，最终美好的期望得以实现。

同样，有一位父亲在女儿整个的求学阶段从来没有批评过孩子，每当看到孩子哪些方面做得不妥时，他都会积极提出自己的期望："如果你这样做，可能会更好。"女儿也就一直在父亲的期望下成长起来，发展得越来越好。

◎ 第四，多倾听、忌唠叨

家长会上，老师会根据每次不同内容给出不同的建议和要求，针对不同需求的孩子也会有特别的提醒。回家后，家长在和孩子沟通时，除了吸收老师的内容，也要给孩子空间，多倾听一下孩子的想法和打算，再根据具体情况给出有效的建议。

家长尤其是妈妈一定要注意：和孩子沟通时千万要忌唠叨，不要认为一定要把孩子的耳朵灌满，孩子才能记住教训或教诲，没有一个高三的孩子喜欢唠叨或可以承受唠叨，即使再有耐心的孩子也会心生厌烦，逆反和冲突在所难免。

最后，还想提醒家长的是，和孩子沟通的方式和方法要视孩子的特点来定，只要家长能有开放、积极的心态，本着解决问题的目的，总能找到适合与孩子沟通的渠道，有效地解决问题。

（以上陈彩霞）

亲子沟通篇

高永金 沈湘秦 编写

1. 孩子刚上高三，怎样给他鼓劲？

对于刚上高三的孩子来说，父母和老师及时的鼓励和支持，对他们树立良好的自信心去克服高三学习中的种种困难是很有帮助的。这里提供几种激励孩子的方法，供家长们参考。

◎ 善于及时抓住鼓励孩子的时机，用激励帮助孩子化解不良情绪

孩子们进入高三后，都有一种新的感受，他们能清醒地认识到高三学年是关键的一年，加上学校老师的教育、引导，不少孩子都会暗暗下定决心，希望在最后一年努力拼搏，因此心理的压力比较大，负担比较重，对学习成绩的波动和变化会特别在意，成绩的波动往往会影响孩子的学习状态和复习情绪。此时，父母和老师及时的鼓励和支持就非常关键。可能正好处于考试挫折中的孩子，得到了父母及时的鼓励和关怀，失落和挫败的情绪、情感被父母的关心、关爱化解，及时调整了自己的情绪和状态，这对后面新的复习非常重要。同时，家长可以和孩子探讨考上心目中理想大学的美好愿望，帮助他明确自己的目标，点燃他内心的希望，使他对高三的学习产生强烈的兴趣和斗志。但跟孩子的沟通必须是平等的，由他们自发产生目标和愿望，切勿将父母自己的愿望强加给孩子。

◎ 巧用激励，帮助孩子树立自信心

进入高三第一学期，孩子面对繁重的学业、激烈的竞争和自己想考上一个好大学的强烈愿望，在学习和心理上产生的压力是可想而知的。面对各学科一次又一次的考试和检测，想要做学习上的常胜将军是比较困难的。因此，孩子们难免会在学习上、心理上遭遇到困难的时候，这时他们就像掉进陷阱一样感到无助、灰心丧气，严重的会感到无所适从。这时他们就有强烈的求助他人的愿望，作为家长如能及时地表示关心和理解并给予鼓励，就会使他们重新树立信心，继续保持旺盛的意志。具体的做法是：首先，在不经意间（其实家长应该是有预谋的）和孩子聊天，掌握孩子的心理状态并能用一些在困难的时候经过自己顽强的努力、拼搏而最终获得成功的事例来激励他们；其次，了解并掌握孩子的学习情况，帮助孩子寻找学习中的问题，并和孩子一起讨论新的学习方法；再次，理解孩子，只要孩子全心全意付出，家长要做的就是给他们加油鼓劲。大量的事实证明：哪怕是一句热情洋溢的鼓励话，哪怕是一个坚定有力的鼓励眼神，哪怕是一个相信孩子的小小动作，哪怕是一次坦诚的交谈都能引领孩子走出暂时的困境，帮助他们树立学习的信心和战胜困难的决心。

◎ 情感激励，增强孩子学习的动力

进入高三后，孩子们明显感到学习时间不够用，有时候难免感到孤独、孤单，渴望与家长交流，渴望沟通，渴望情感上的完整，可是时间又很紧，没有大段的时间和家长交流。每当这时，家长们就可以采取用"书信"的方法进行交流，既简单省事又行之有效。

看到自己的孩子回家后精神状态不是很好，家长们就给他一张小小的纸条，写上一句（哪怕是一个字或几十个字）鼓励的话，放在孩子卧室的桌子上，孩子的心里就会暖暖的，劲头也就更足了！再有就是抓住一些传统节日，买一些"小礼物"悄悄送给孩子，附带上一个小纸条，让孩子能够感受到父母的关怀和理解，在心中不断燃起理想的火焰和学习的动力。

◎ 最后，还可以利用孩子身边的人或事来激励孩子进步

鼓励孩子跟他成绩差不多或稍好一点的同学比较，并通过自己的努力去超越对方，以激发孩子勤奋学习的动力。孩子在通过自身的努力超越对手后，就能获得较好的心理体验，为进一步的超越自我奠定了较好的情绪、情感基础，也使复习进入到良性循环中。但是一定要跟孩子以谈心的方式进行，让他自己产生超越对手的想法和动机，而不是父母强加给孩子，唯有这样才能起到应有的作用和效果。

总之，孩子进入高三后，作为家长应该多利用激励法鼓励和激发孩子的学习动力，在孩子日常的学习中多理解孩子、鼓励孩子、帮助孩子，和孩子一起成长，一起感受孩子在高三学年里的酸甜苦辣！

2. 孩子进入高三后，作为家长如何营造良好的家庭氛围，积极配合孩子复习备考？

孩子在进入高三努力备考的时候，家长应尽力营造一个安静、

温馨、和谐的家庭氛围，这有助于孩子调整心态，提高复习质量。那么，家长如何才能营造一个良好的家庭氛围呢？下面介绍一些"过来人"的好经验供家长们参考。

家长首先要调整好自己的心态，以平常心对待高考，使家庭生活保持一种轻松、自由的氛围，不要把孩子整个人生的希望都放在高考上，要时刻提醒自己：一个健康活泼的孩子比什么都重要。不妨对孩子说："从现在起，你尽管放下心理包袱，只要尽力就行了！你在我心目中永远是最好的。"此外，家长不要太过唠叨，接受孩子的学习状态和习惯不是一时就能扭转过来的这个现实，另外，家长可以扮演孩子的"高考助手"，帮忙搜集信息和资料，要像暖水瓶一样，内心热诚，外表沉着。

◎ 第一，孩子高三这一年，家长应尽量减少亲戚或朋友来访

在孩子的备考阶段，家长应该适当减少家庭访客、亲友来访的次数，如果来访应事先要求来访者少谈有关高考的内容。同时家长应该改变自己的一些如喝酒、打牌、聚会等生活方式，力争给孩子一个不受打扰的学习空间，让孩子在家里能安心学习。

◎ 第二，家长应尽量避免在孩子面前吵架，制造紧张的家庭氛围

居家过日子，家庭矛盾在所难免，但高三毕竟是一段特殊时期，所以父母之间不管有什么矛盾，都应尽量避免在孩子面前争吵，为孩子营造一个宽松和谐的氛围。此外，家长平时还可以从报上、网

上找一些好的学习方法，在适当的时候有意识地推荐给孩子。家长还要多关注新闻，以帮助孩子拓宽视野，提高写作能力等。

◎ 第三，高三这一年，家长不要整天把高考挂在嘴边，反复叮咛、唠叨

因为孩子的情绪本身已经比较紧张，家长反复的叮念只会是使他们更紧张、烦躁，甚至反感，不利于孩子复习备考。不要在家里搞倒计时，也不要把"离高考还有多少多少天，你要抓紧复习"等话语挂在嘴边，不要谈论"万一考不好会怎么样"之类的问题，制造紧张气氛。家长可以通过报纸、杂志、网络等渠道，找一些笑话念给孩子听，帮他放松。另外，家长要不时地与孩子聊一些与学习无关，但孩子感兴趣的话题，如计算机、体育、音乐等，孩子有什么爱好，就谈什么。在交谈的过程中，要以孩子为主，大人要注意倾听，让孩子在交谈中减压。在孩子疲劳时，可以陪孩子散散步、打打球，让他放松一下紧张的神经。

◎ 第四，家长要注意给孩子调整好饮食起居，确保孩子身体健康

家长都知道在孩子备考的时候尤其要注意饮食起居，确保孩子身体健康不生病，但并不是都知道要照顾得"适度"。许多家长都会在临近高考时对孩子过度地关照，一会儿送上一杯牛奶，一会儿冲泡一杯咖啡，这样反而会使孩子感到有压力。此外，家长还要帮助孩子调整好生物钟，帮助他们制订和实施相对固定、有规律的起居、饮食和睡眠时间，形成一个良好的生理节奏感与心理节奏感。尤其

是对于那些晚上思维活跃、精力充沛、可以复习到深夜，白天却思想不集中、反应相对迟钝的"夜猫子型"的孩子，家长要尽力帮助他们把生物钟调整到与高考相适应的状态，否则高考时无法发挥出实际水平，会造成较大的遗憾。

综上所述，只要家长们做好了以上这些方面的细节问题，相信你就是一位非常优秀的家长，你营造的家庭氛围也一定会受到孩子的欢迎和喜爱，你的孩子也一定能感受到父母的良苦用心和对他们的关心和关爱。

（以上高永金）

高三考生家长总动员

3. 家长对孩子期望很高，但怕给孩子压力不敢说，不说又怕孩子没追求，陷在矛盾之中。怎么办？

总体而言，家长对高三学生的升学期望与学生自己的目标有差距，这恐怕是自有高考以来就有的现实。

期望的高低，与学生学习动机之间的关系很微妙，并非正相关。适度的期望能够起到很好的推动作用，过高或过低的期望都会带给学生心理阻碍，不利于高三期间的发奋与冲刺。

◎ 家长在向孩子表述自己的期望之前，首先需要衡量一下这个期望与孩子的客观现实之间的差距

怎么衡量呢？一是孩子高中以来特别是高二以来的学习状况、

成绩分布，这需要与孩子的班主任老师、任课老师做一点沟通，以准确了解孩子在年级、区县的一个大体位置；二是孩子高中以来的学习习惯、作息习惯，这些与孩子进入高三之后的学习潜力、可动用的潜在时间精力等资源息息相关；三是高校近年招生概况及当年高考信息；四是不可控的因素，例如健康状况等等；五是孩子自身的性格特点、升学理想。

◎ **对于已经进入高三的学生，家长需要多站在孩子的角度，体谅他们作为学习主体面对现实时的种种挑战和压力，避免多次简单重复自己的期望，也避免随时放弃的说法**

例如当看到孩子某次模考或统练失误、某几天学习劲头不足时如此警示孩子："这么下去，考哪里哪里没希望了"、"这么下去，只能报考哪里哪里了"等等。

当家长做了充分的衡量之后，得出一个相对客观可行的期望是比较容易的；否则，不做上述衡量准备，只是简单地从以下逻辑出发，其期望与自己的孩子往往风马牛不相及：

（1）家族攀比，即之前的家里人考得如何如何，所以自己的孩子今年要更如何如何。

（2）同事攀比，即他人的孩子曾考取哪里哪里，所以自己的孩子今年要与之媲美。

（3）自我补偿，即家长自己在大学时有某种遗憾，所以自己的孩子今年可以考得如何如何以弥补当年的遗憾。

（4）价值攀比，即社会上哪些大学哪些专业吃香，所以自己的孩子高考要以此为终极目标。

◎ **有了一个相对妥帖的期望，表述的时机也很重要，我们建议，期望及期望的表述都可以是循序渐进、与时俱进的，既不能一劳永逸，也不可能一成不变**

通常而言，高二的暑假是谈论此话题的第一个时机，因为这个时候的孩子已经对即将开始的高三有了切身的重视，探讨目标容易触动他们。那么家长在讨论的时候，仍需注意是一种交流而不是向孩子提要求，所以可倾听一番孩子自己的想法，然后根据自己的种种事先准备，客观地与孩子做分析，初步交换一下双方的认识，能达成一致当然好。达不成一致也没有关系，因为这次谈话的重点在于"思考高考的方向、启动高三的动力"。第二次探讨可以是高三的期中或者一模之后，根据孩子学习进度、整体状况的变化，家长也调整一下自己的期望，同时也了解孩子是否调整了他们的期望。第三次探讨，可以等待孩子自己提出，时间因人而异。前两次交谈融洽、宽容的家庭，有不少孩子会在寒假前后提出高考目标的思考，因为寒假前后不少院校的提前招生或招生咨询纷纷发布到中学。第四次探讨，可以是高考前一个星期，也可以是填报志愿时的探讨，重点在于肯定孩子对自己未来走向的思考和探索。

综上，我们不建议家长在孩子的高考上过于干涉，而是希望家长在孩子自主高三学习、思考人生走向的道路上积极引导和提供支持。对于家长而言，最热切的愿望难道不是"孩子迅速独立担当起自己的人生"吗？那么高三以及高考，对于锻炼青少年自主选择、对自己负责、对自己的选择负责，恰恰是宝贵的机会。

（以上沈湘秦）

4. 如何打破开口只谈学业、志愿的惯性，通过聊天倾听孩子心声，帮助他宣泄情绪、释放压力？

众所周知，家长与孩子沟通交流时往往都离不开谈论孩子的学业，然而事实上孩子最忌讳谈论这个话题，亲子关系经常因为这个矛盾而陷入紧张。家长也知道自己在孩子面前不应该一开口就谈学业，但总是无法控制自己。如何打破开口只谈学业、志愿的惯性，通过聊天倾听孩子的心声，帮助他们宣泄不良情绪，释放考试压力是每一位高三家长都关心的问题。对此，有几条建议，或许能给大家一点启示。

◎ 第一，首先培养聆听的习惯，多听孩子诉说

孩子也需要倾听的对象，所以家长要让家里时刻都有一种聆听的气氛。这样，孩子一旦遇上重要事情，就会来找父母商谈。要达到这个目的，最好的方法就是经常抽空陪伴孩子，利用共进晚餐等和孩子相处的机会，留心听孩子说话，让孩子觉得自己受重视。

◎ 第二，谈心时巧用"投其所好"，达到"暗度陈仓"的目的

如果孩子喜欢足球赛事、球星，你不妨多与他聊足球、球星；

如果他迷恋歌星，大家不妨一起来谈谈歌星。如果孩子经常叫苦叫累，你不妨说："你们的确很累"；或者说："我们大家都常说：高三学生是天底下最累的"；或者说："休息一下吧，别累坏了自己的身体"；甚至还可以说："干脆这个星期天我们找个好玩的地方去放松放松，你看如何？"你可千万不能够说："人生哪有不累的？"或者："难道我赚钱养活你就不累！"你要明白：此时一切的"大道理"对他们都无济于事！要知道，他们已经在校学习12年了，同样的"大道理"他们听得还少吗？要能够有效果的话，早就见效了！因此，与孩子相处和沟通，"投其所好"不是根本目的，更不是无原则的迁就，而是要在"投其所好"的策略中达到"暗度陈仓"的目的。

◎ 第三，用平等的方式与孩子沟通，真诚与孩子交流

父母用平等交谈的方式跟孩子谈话，往往能引起热烈回应。尽量不要总把自己摆在家长的位置上，要把孩子作为一个平等的人来交流，谈话时，最好开诚布公，把最真实的想法、情况当面说出来，给孩子一个表达的机会。不要旁敲侧击或避重就轻，这样是达不到交流的目的的。

◎ 第四，多从孩子的角度思考问题，建立密切的亲子关系

家长应多从孩子的角度考虑问题，多与孩子探讨问题，而不是直接指示或告诉他们应该怎么做，最重要的是，父母与子女之间要相互信任，培养孩子自我的判断力和自信心，正确对待孩子的缺点，切忌伤害孩子的自尊心，尽可能让孩子明白父母始终是关心和接纳

他们的。

◎ 第五，与孩子沟通不畅时，切忌当场发怒激化矛盾

  对于那些心理压力过大的高三孩子，刚开始沟通时，家长可能会遭到拒绝或出现过激的语言。当交流不畅的时候，家长要把握自己的态度，应尽量淡化矛盾，及时地转变话题，转移孩子的注意力，切忌当场发怒激化矛盾。等孩子平静下来后，再找一个恰当的时机，帮助他们反省。如果孩子实在不愿与父母交流，父母也可以把不想或不能直接向孩子说或不中听的话写下来，以文字的形式进行交流，孩子静下心来就会听家长讲话了。

◎ 第六，积极给孩子创造一个发泄情绪的渠道，允许孩子将自己积压的不良情绪发泄出来

  孩子发泄的方式可能不是直接倾诉，而是通过比如做噩梦、无缘无故哭泣、乱发脾气等其他方式表现出来。家长要将这些看作是孩子在舒缓压力，是慢慢恢复的第一步，这样你就不会那么担心了。孩子如果遇到考试挫折，家长应尽量避免再次提及此事，因为每回忆一次，对孩子的心灵都是新的伤害。

◎ 第七，用合理的方式处理孩子的不良情绪

  孩子遇到了考试或其他挫折，用哭泣、发脾气等方式来舒缓自己压力的时候，很多家长不知道该干些什么，显得很无措。有些家长这时和孩子讲道理，有些家长则无奈之下选择沉默。我们认为，家长在这个时候用身体语言比口头语言来沟通效果要好。更多地陪

伴孩子，不指责孩子。孩子发脾气的时候，家长不和他争吵，耐心地听他说。孩子哭闹的时候，一个深深的拥抱比讲一堆大道理要温暖和有效得多。

天底下没有真正能够打开一切锁的"万能钥匙"，任何成功的经验都要因人因事而异。更重要的是家长要在和孩子相处的过程中，根据实际情况，不断摸索、总结和孩子顺畅沟通交流的方法。家长一定要知晓，与孩子的沟通是助考、助学的头等大事，甚至比你"痴心"的"关爱"还更加重要。

5. 家长让孩子自己制订学习计划还是该与孩子一起制订学习计划？在学习计划上怎样帮助孩子？

制订一份科学的、可操作性强、适合自己的学习计划，对于每一位高三学生都显得非常必要和重要。通过学习计划，家长和孩子都可以清楚地了解未来一年时间里，孩子各门学科的复习进度和整个复习进程。孩子自己制订学习计划还是家长与孩子一起制订，这个问题因人而异。孩子独立性较强的，跟父母沟通不是太好的，就让孩子自己制订学习计划，家长再对其进行指导和完善；如果亲子关系较好，一起制订学习计划效果更好。家长应如何帮助孩子制订计划？制订学习计划中需要注意哪些问题？下面介绍一些好的经验和做法供家长们参考和选择。

◎ 第一，制订学习计划一定要有些原则

首先是计划的时间不能定得太紧，否则有些意外就不能完成了。比如说，周一晚 8:00－10:00 学习数学；10:00－11:00 学习英语；11:00－11:30 准备睡觉，这样的时间安排太紧，在两个学科学习时段间多预留半小时就比较合适，如改成 8:00－9:30 学习数学，10:00－11:00 学习英语等。其次，为意外留出一点时间。每周的计划要为意外留出一些时间。比如周五晚上学校占用了，需要安排出时间来补周五这一天的计划。本来这个月的计划已经做好，考试的时候又发现新的内容，更基础的问题，也需要时间弥补。这些都是需要预留时间的。再次，每周留出总结的时间，检查这个星期计划完成的时间。最后，计划一定要具体。比如我们确定了这个月重点补习的科目是英语，那么每周完成哪些部分，必须明确。不要让孩子花时间去想"今天晚上学什么"。

◎ 第二，帮助孩子确定目标，制订学习和生活计划

高三的学习生活繁忙而紧张，要使孩子生活和学习变得忙而不乱、紧而不慌，除了学校的教学计划外，高三的孩子们也可根据自身的情况，在家长帮助下，制订一个长期、中期和短期有机结合的计划。长期计划以一个学期为单位，内容可以是大纲式的，不必求详求细，以便及时调整，适应变化。中期计划以月为单位，做到心中有数、承前启后。短期计划以周为单位，明确自己本周学习的重点，做到心中有数。确定适合自己的正确目标，既不盲目自信，又不悲观失望。预习与复习交叉进行，可对整个高三阶段的学习，做

49

到不懈怠，高效率，能控制，有创新，从容应对，胸有成竹。

◎ 第三，与孩子商定学习计划时，千万不能与任课老师的复习计划相脱节

　　负责高三教学的一般都是学校的骨干教师，备考经验十分丰富。老师提出的复习计划，绝对不能忽视。家长和孩子要做的是，针对自己孩子的特殊情况加以调整。这一段知识掌握得不错、平时考试没什么问题，就少花些时间，完成老师布置的作业再稍看一下即可；那一段知识学得不太好、问题比较多，就多花些时间，完成老师的任务后再多看、多想上几遍，另外自己再找些有关的参考题目做上几遍，非把它弄扎实不可。可以比老师的计划略快一步，但绝不能比老师的计划慢。这一章是难点、重点，孩子可以在老师系统复习前先自己复习一遍，然后再带着问题听老师的复习课。这才是正当的、必要的调整。这些调整都是以绝对保证完成老师布置的复习任务为前提的。如果有可能，应该先和老师谈一谈，听取老师的意见，这样制订出的计划就更万无一失。

◎ 第四，制订计划时，要注意进度的安排，复习计划一定要全面、周到

　　计划应该前紧后松，而不能前松后紧。因为随着日期的推移，人的疲劳度越来越深，效率会有所下降。在后面多留出时间来可以有利于随机应变、从容不迫、减少紧张、增强自信心，好处是不言而喻的。好的经验是：应该在高三第一学期内既全面又周到地复习完第一遍，在一模之前，所有系统的复习应该已经全部结束。一模

之后所要做的，应该只是查补细小的漏洞，休整心情、体力，调整"状态"，坚定信心。此外，有一点要特别注意的是，千万不要有的地方看得很细致，而有的地方只是走马观花，漏洞百出。一般只要不和老师的复习脱节，是不会出现大的漏洞。

◎ 第五，要分阶段安排，全面照顾

要针对高三的一轮复习、二轮复习、最后冲刺和最后调整四个阶段进行高三复习的全盘规划，并在一模之后，对制订的复习计划和学习进度做进一步的调整。将如何补足弱科融入到计划当中，并杜绝以强补弱的思想。

◎ 第六，制订计划时，一定要把握好量，给孩子留有余地

要认真考虑计划的可行性。要把有限的时间和力气花在"刀刃"上，要弄清楚哪儿是重点、哪儿是弱点，应让孩子花大力气在这上边。不管什么时候、不管多么紧张、形势多么严重，都一定要给孩子留休息、放松的时间。人不是机器，不能总紧绷着弦。半个月或一个月带孩子出去度个假、玩一玩是个好主意。适当的放松不仅不是浪费时间，反而是为了更好地利用时间，是提高效率的好方法。

必须指出的是，做学习计划从来就不是一件十分容易的事情。由于每个学校的教学方法各不相同，学生本身的情况也各不相同，学习计划也就必然不同。只有适合自己孩子的，才是最好的。提醒每位家长的是，好计划需要好执行，也需要好监督，这个监督者就是家长自己。

（以上高永金）

6. 家长如何与孩子谈学习改进的问题——比如怎么说孩子会听，怎么说孩子能思考改进？

理科生小南，性情温和，爱好运动，做事以稳健见长，成绩位居年级中游偏上，长期以来独立学习。进入高三之后，父母留意了一下儿子的学习，觉得小南在学习时间的分配上有问题，例如，做功课的次序总是理科在前，语文外语在后，一天下来常常没有多少时间可以阅读和背诵；另外演练习题时被难题拴住的时间太多，缺乏变通。父母认为这些习惯制约了小南的学习效率和效果，不利于总体成绩的提高，当然，也不利于考入父母期望的大学。于是，在一个周六傍晚，当紧张学习了一周的小南提出晚饭前要下楼打一小时篮球时，父亲开口了："小南啊，这一周里，我观察了你的学习，感觉你在语文和外语上投入的时间太少了。我知道其他的功课很费时间，所以一直没要求什么。你看周末既然有空闲，不如多看看语文和外语。这么着，你看半小时书，然后下楼跑跑步调剂一下，好吧。"小南听了这番话很不以为然，手里抱着的篮球也没有放下，边转身边说："爸，我的学习我自己安排，再说我现在头晕眼花根本看不进去书，别说语文外语，数学物理我也不想现在看，让我好好运动运动，回来再看。"这时在厨房准备晚餐的母亲闻声走了出来，拦着儿子说："小南，你爸这是为你好啊，我也觉得你课程之间的时间安排不是很合理，不然语文外语不会总拉成绩的后腿。听你爸的啊，他当年也是学理科的，却文理双优，很有经验。"篮球"嘭"地掉到地板上，小南沉默无语，面无表情地坐回书房，望着书本发呆。

从这个事例我们可以看出，家长把对学习的关注放在孩子存在的问题或不足上，而迫切地想立刻纠正孩子，却忽略了孩子是学习的主人，也忽略了无论成绩在什么位置的孩子，都有其成功的学习经验，都是某一方面、一个时期的成功学习者。

建议家长换一个角度，即将注意力不用于寻求可能存在的问题、不良习惯，而是着眼于寻觅孩子做到的例外事件、没有问题的事件。然后带着好奇心与孩子交流这些例外事件、成功事件背后的故事，放大和突出孩子正向、积极的一面，由孩子自己去解决和改善现状。以小南为例，家长可以这么做：

在孩子预备出门打球之前，做一个预约："小南，这一周学习时间很长，打球放松一下很好。早去早回，回来我有事想和你聊一刻钟，好吗？"小南略微一愣，立刻笑了："啥事啊，这么郑重其事！那好，我先去了，回来再说哈。"等小南打球回来（用时长短可以忽略不提），提醒他先冲洗换衣、补充水分或水果，同时预备好一张空白纸和笔就可以开始聊天了。父亲说："小南，我观察了你最近一周的学习，发现虽然物理任务多、难度大，但是你学习效果很好，化学也同样很优秀，这些科目在我读高中时都让我很费了一番功夫，所以我很想知道你是怎么学的，看起来你学得很是得心应手啊。"小南一听原来是谈这个，心情大好，调整一下姿势，忍着涌动的得意，开始一条一条说起来："首先啊，我特重视这些课程，重视了就会想办法琢磨。其次呢，我不单单练习得多，还讲求练得巧妙，就像我们老师说的，典型题目认真做几套，思路、格式都熟练了，触类旁通。第三，错题及时改正。第四，呵呵，差不多先这些。"父亲一边埋头记笔记，一边说："哦，这我都记下来了，可是这听起来挺耳熟的嘛，还有没有私家窍门？"小南啃两口水果，想了想说："算有吧，反正一有时间，我会首选看这两门课程，弄完了才看其他的。"……父亲若有所思，说："原来是这样，那可不可以推论认为，你把优势时间或比较充分的时间用在了物理和化学上，而这两门课也很厚道地回报了优异的成绩？"小南点点头。父亲把记录的内容放在小南面前，"小南，你的这些学习感悟和经验来自于实践，了不起！我不知道，同样的方法是否可以用于文科课程的学习，是否同样奏效？"小南安静片刻，"我也不知道，不过，我可以试试看。"父亲起身，拍拍儿子的肩膀，"那好，儿子，实践出真知，我等你的实验报告。不占你时间了，再喝点水做你自己的事去吧。"

后一种交谈方式，家长的注意力放在孩子行之有效的学习方法上，引导孩子意识到自己是成功的学习者，调动孩子的自信心、尝试欲和求胜动机，并不去替代孩子设计方法、计划，最大限度地保护和尊重了孩子作为学习主体的责任感，反而达到了预期的谈话目的（即引起孩子对弱势科目的注意、注重）。

这便是问题解决式谈话的魅力所在。家长朋友可以参阅一些关于焦点访谈或问题解决谈话的书籍，逐渐从聚焦问题的谈话方式转变到带着好奇心以解决问题为核心的谈话方式。

7. 出于关心，常嘱咐他注意各种情况，结果却被孩子说唠叨，还很不耐烦，家长该怎么做才更好？

注意事项并非说的次数越多越好。凡事都注意，也就和凡事都无须特别留意一样了。可怜我们家长一片心意，但却是吃力不讨好，既没有达到提醒孩子格外注意的目的，又落得孩子满腹埋怨。无论哪一点，都并非家长的初衷。

对于直言家长"唠叨"的孩子，确实也存在一些礼貌教养方面的疏漏。可由另一位家庭成员对孩子指出，使孩子明白这种把父母良苦用心当作耳旁风、驴肝肺的反应方式，有失长幼之序，且缺乏对父母的理解和体谅。父母的方式方法固然值得商榷，但要深知这些做法的背后，实在是厚重的舐犊之爱。

什么时候对孩子加以嘱咐呢？建议在孩子尝试之后、再次经历之前，以孩子自己的前车之鉴来提醒其注意；高考正式开考之前，可以用提问式的对话来提醒，而不是直接表述注意事项，如"我知道你已经训练有素，但我很乐意参与到对你如此重要的活动中来，需要我帮忙检查一下你准备的情况吗？"、"说说看，开考之前需要注意哪些事项？"

什么事需要对孩子加以嘱咐呢？衣食住行这些日常琐事，对高三的学生而言，已具备自己处理的完全能力。家长格外关注的，主要集中在营养和作息方面。饮食营养，对于走读的孩子，家长可以行动而非语言的方式加以关照，如遇到孩子不配合，也无须过度紧张，现在的孩子营养缺失的可能性很小，三两顿甚至三两天素食节食都无关大碍。作息方面，这有一个习惯问题，同时也与孩子的学习效率直接相关，不是简单的提醒可以解决的。建议家长表达希望孩子提高效率赢得更多睡眠的愿望，但不必每天像晨起闹钟一样提醒孩子早睡。况且，晚睡的后果，还需要孩子亲身体验之后才好加以商讨调整。而家长觉得会影响白天精力的作息，放在孩子身上则未必。特别是入夏之后，不少学生偏好夜战，尽管这与高考白天进行有冲突，但在引导孩子调整作息时，家长需平心静气，有理有据地展开说理，且循序渐进。不可一下就要求凌晨之后入睡的孩子11点就躺下。大概需要两到四周的时间才可逐渐由凌晨调整到11点。

此外一些与预习、复习、统练或临场考试相关的细节，应该说对于即将高中毕业的学生，本不应存在众多的问题，家长可酌情根据自己孩子的情况，就最需要改善的某个方面加以重点提醒，其他的请交给孩子自己去面对。

当被提醒的事情和被提醒的次数大幅度减少之后，孩子不但没有因此疏于自我约束，反而在得到提醒时格外警觉，很能够参考家长的提醒。这无疑是一种戏剧性的改变。

青春期的孩子在大脑发育方面有了长足的进展，无形中对父母的要求也在提高，如同家长有着理想的孩子的想象，孩子们也有着理想父母的画面，诸如通情达理、乐观亲和、阅历丰富、睿智博学、言简意赅等美好的愿望常常闪现在他们的脑海里。所以，身为家长，在对待青春晚期的孩子时，最省事的做法是把他们当作大人、当作朋友去对待，言谈留有余地和空白，给予他们必要的信任、自由发挥的空间。

（以上沈湘秦）

8. 孩子逆反心比较严重，说什么都不愿意接受，怎么办？

青春期每个孩子都会有些叛逆，只是表达方式有所不同。这个时候孩子不喜欢家长的唠叨，也不愿理会家长的管教批评。家长应如何走进孩子的心灵世界，解除亲子之间的这堵心墙呢？下面这些具有较强可操作性的方法供大家参考选用。

◎ 首先，家长要避免唠叨，交代的事情只说一遍，不让他产生反感

从我们平时跟高三孩子私下的交流中了解到，他们也很理解父母，但最讨厌父母的唠叨和过分关注他们的学习成绩。他们特别期待得到父母的信任和自由，更期待得到父母的鼓励和肯定。因此，家长可以尝试这样去跟孩子沟通和交流，即不是说给他听，而是真心地安静地听他说，让他们真正体验到父母对他的尊重。

◎ 其次，家长可以尝试一下赏识教育，那就是多表扬孩子

家长可以试想一下自己在工作中或生活中被别人批评、指责时会产生什么样的心理感受，也就能理解孩子听到你的指责时产生的反感情绪了。社会心理学家认为：在人的心灵深处，最渴望他人的赞美。赞美是一种鼓励，它在人们心灵深处植入的是信心和力量，

播种的是奋发向上的种子；它是一种兴奋剂，让人更加充满活力和精神；赞美还是一种认可，一种肯定，能使人们坚定发展的方向。因此，多一点鼓励，就少一个背离者；多一句赞美，就可以把摇摆不定的孩子拉入家长期望的行列。相反，批评虽然可以帮助孩子认识错误，但其心理是不悦的，至于粗暴的批评，更是一种适得其反的做法。需要强调的一点是，表扬和赞美一定要是来自家长内心的、符合事实的具体赞扬，而不是大而空的吹捧。适当地和孩子一起做他喜欢做的事情，不要总是跟他讲大道理，多留给他一些自己的空间，如果他有什么做得不对的地方，不要首先想到批评，而是鼓励！鼓励和夸奖是每一个孩子都需要的！！！

◎ **再次，家长要看到孩子的成长，尊重孩子的自尊心，与他们建立一种亲密的平等的朋友关系，并允许孩子参与家庭的管理**

　　无论什么情况下，都要尊重孩子，要像尊重你的同事甚至是上司一样；要像朋友一样平等交流，不要老是以父亲或母亲的身份要求他必须怎么样，不要总是摆长辈架子，现在的孩子不吃这一套。只有这样，孩子才会认为家长是他可以依靠的对象。

◎ **第四，放弃对孩子的成绩要求，根据他的兴趣爱好而不是家长的希望培养他，让兴趣成为他学习的动力**

　　其实，高三的孩子基本都已经成年，对很多事情都有自己的认识和看法，他们会对自己的人生和事业有所思考，这一点在我们平时与他们的交流中得到了证实。同时，家长要相信孩子有独立处理事情的能力，尽可能支持他们，在其遇到困难、失败时，应鼓励安慰，成功了要立即表扬。最后，家长要有勇气向孩子请教，有勇气承认自己的过失。这一点很多家长比较难做到，而这往往却是走进孩子心灵的最重要途径之一，你虚心向孩子请教了，没有家长的架子了，孩子自然就信任你，自然就会与你分享他的秘密，沟通的目的自然也就达到了。

◎ 最后，加强感情投入，密切亲子关系

无论是心理学理论还是大量的社会现实都在说明，感情是一只无形的手，推动着人们的行为倾向。有些事情并非顺理成章，并非符合科学要求，但由于感情的因素，人们却乐在其中，这就是情感的魅力。有经验的家长都有体会，学生们的学习热情很高，很大程度上是因为喜欢某个老师的结果。对于心理、生理均基本趋于成熟的高三学生来说，在其行为意向和决策中，受感情因素影响很大，他们喜欢什么，不喜欢什么，直接影响着他们的行为。如果我们家长在感情上与孩子多些相容、多些亲近，相信在孩子心理上就不会再有那种厌恶、背离，逆反心理自然就会淡化或消除。

9. 学习时不让家长进屋子，不让家长看自己在干什么，家长很担心他没有学习而是在干别的。怎么办？

应该说，几乎所有的学生都想保护自己的隐私，不想在学习时

被家长打扰，更不想让家长知道自己在干什么。但是，作为孩子的监护人，家长们又特别想知道自己的小孩到底在干什么，是不是在学习？还是在干别的什么事情？这里就出现了一个看似无法解决的矛盾。其实，如果亲子之间彼此建立了很好的信任的话，这个矛盾和烦恼就消除了。遇到这种矛盾，做家长的该如何去化解呢？以下建议可供参考。

◎ 首先，家长应该尊重和保护孩子的隐私权不受侵犯

父母不要摆出长辈的样子，不是我必须知道你在干什么！应允许孩子有自己的隐私，尊重他们保护隐私的权利，唯有这样，亲子之间才能彼此建立起信任，相信对方，才能有进一步的沟通和交流。反之，如果家长强势要求孩子必须让父母知道自己在做什么，孩子就会产生逆反心理，有的孩子不敢正面跟家长对抗，但他心里是不服气的，背后照样做自己想做的事；有的孩子直接就跟家长发生冲突，亲子矛盾骤然升级，彼此对立起来，不但孩子无法安心复习，而且还会在心里暂时憎恨家长，故意与家长作对，不认真学习和复习。应该说，绝大多数高三的孩子都已经比较懂事，知道自己应该干什么，学累了也想找点儿别的事情放松放松。这时我们家长能做的就是信任孩子，关心孩子，而不是怀疑孩子。我们始终认为，应该尊重孩子，建立信任，和谐沟通，才能解决这个矛盾。

◎ 其次，家长应该跟孩子建立起和谐的亲子关系，做孩子高考备考的后勤服务者

亲子之间应该是彼此信任的，父母应该相信自己的孩子会认真

复习，而不是怀疑孩子整天都在玩别的，不专心。父母是应该监督孩子的学习和复习，但更多的还得靠与孩子沟通，让孩子自己发自内心地想去学习，而不是父母逼着孩子去学习。因此，建立彼此的信任，相信孩子，倾听孩子复习过程中的苦与累才是家长最需要做的，才是对孩子最有效果的督促。这里也强调了亲子之间情感的巨大作用，当孩子认识到自己不认真学习是对父母最大的愧疚时，我们的目的就达到了，效果也是最好的。

◎ 最后，家长应重视和孩子的心灵沟通，加强和孩子之间的情感交流

让孩子知道你爱他的心，培养亲子之间的信任，以便可以实现和孩子的有效沟通。尊重孩子，信任孩子，孩子也当然愿意付出信任，从而使你和孩子之间建立和谐的亲子关系。同时，家长应树立让孩子劳逸结合的观念，不能逼着孩子时时刻刻盯着课本，要允许他们在疲劳的时候做一些放松的事情。这样孩子就会感觉到父母是理解他们的，内心也就会产生强烈的感恩意识，放松之后就会及时回到紧张的复习中去，这样也有利于提高复习效率。

总之，要想孩子信赖你，你就要放下心理高度，和孩子保持心灵上的一致，这时你就会发现，孩子的很多想法和做法是可以理解的。所以，亲子之间应多一点信任，少一点猜忌；多一点关心，少一点责骂；多一点沟通，少一点隔阂。我们对孩子的不信任就会减少或消失，不必要的担心也就不存在了。 （以上高永金）

10. 为什么孩子有事情不愿跟家长说而愿跟朋友说，家长该怎么办？

冰冻三尺，非一日之寒。一般而言，青春初期和中期的少年，由于自我意识的萌芽、独立意识的觉醒、同辈影响力的增强，与家长老师沟通减少，与同学交流增多。高三学生则多数处于青春晚期，相比之前的在家中沉默少语，理论上应该有所改善，即愿意也较期待与父母做各种话题的交流。

因此，倘若高三的孩子倾向于遇事不与家长说而愿意跟朋友说，需要反思的恰恰是家长。

也许在孩子进入青春期以后，家长一直都在打一场战役，这场战役的名称因不同的家庭而略有不同，主旨却都是"如何能让孩子像小时候一样听我的话"。因为这场战役违背了青少年身心发展的规律，因此家长们不但没能得到预期的结果，反而在战斗中人为地延迟了孩子完成青春期心智发展的速度，以至于年龄已达十七八九岁的青年，依然停留在"父母不如朋友可靠"或"与父母说不如与朋友说轻松的"稚嫩观念中。

◎ **对于这类学生的家长，首先需要补上"理解"这一课，即理解孩子更乐意与朋友交谈的心理需求以及此行为背后的合理性**

尊重孩子的选择，而不是质问、生气或者沮丧。其次，在孩子与自己谈论日常琐事时，避免评价导向（即凡事以对错、好坏加以分类），以开放的心态看待孩子的言谈，欣赏孩子的思维逻辑（请相信任何一个人成年之后都在不断修正自己对世间万物的看法），无须急于求同或以一己之见、经验之谈去纠正或规范孩子的言论。多次以后，孩子会对家长刮目相看，或许就能主动与家长谈论更私密、敏感的话题。其三，鼓励孩子自己选择朋友、尊重孩子已经选择的朋友，不在孩子面前否定、指责孩子的朋友。如果特别不放心孩子的择友，不妨表达出乐意认识孩子的朋友，在条件允许的前提下，创造机会见一见孩子的朋友，观察其个性言谈举止。需要注意的是，除非有重大品格问题，不宜以自己的偏好和价值观来要求孩子更换朋友。一方面，这透露出对孩子的极大不信任；另一方面，青春期的孩子很容易迎难而上而适得其反。

◎ 与孩子的朋友认识和相处融洽，在一定的时候也有助于曲线接近自己的孩子

因为孩子的朋友并不像孩子自己那么紧张或焦虑与家长的对话，当遇到青少年不擅解决的难题时，出于友情，孩子的朋友很有可能成为家长的情报员。

如果结识了孩子的朋友也难于走近孩子的世界，家长可以通过言语或非言语的方式向孩子表达自己的担心，例如："我有些担心你最近的状态，想从你那里得知一切在你掌控之中"、"我想告诉你，相比你正在经历的具体事情，我更在意你的心情和安全"、"如果是我的缘故使得你不放心与我交谈，那么我感到非常抱歉，希望有一个机会改变你的看法"。

有时，青少年不愿与家长说心里话的理由是，"家长比我还紧张/惊恐/慌乱，告诉他们不但增加了他们的心理负担，更增添了我的

压力"。而家长则常常有这样的期待："希望孩子回家能把学校的经历一五一十地讲出来"，不少家长对掌握不了孩子日常的一举一动烦恼不已。实际上，对于青春期的少年，拥有相对私密的独立空间是他们的自然需求、正常需求；如儿童期那样凡事向父母汇报、转述的行为模式随着童年期的结束也一去不复返了。家长们需要渐渐适应做青少年的父母，保持一定距离，这个距离是既能够安静地观望他们，也足以在孩子们需要切实帮助的时候箭步走近。 （以上沈湘秦）

11. 为什么孩子太有主见，根本听不进家长的话？

　　青春期阶段的孩子正是自我意识飞速发展的黄金时期，这个阶段的孩子慢慢开始形成了对自我的评价和认识，他们经常会问自己是什么样的人？需要的是什么？对于别人的建议或评论他们不会再像小学那样言听计从，而是会自己思考，尽管有些时候这些思考是片面的，但是他们还是会坚持自己的观点。因此，孩子太有主见，根本听不进家长的话未必就是一件坏事，关键是家长要理解孩子心理发展的规律，在遵循孩子心理发展规律的基础上指导孩子的健康发展。在具体地与孩子的沟通交流中，建议从以下几个方面进行。

◎ 首先，理解孩子的心理发展规律，尊重孩子的意见

　　我们很多家长都有这样的感觉，就是孩子在小学时特别听话，叫他做什么他就做什么，但从初中开始，逆反心理就比较重了，很多时候不听家长的话了，经常跟父母争论，甚至顶撞父母。其实这

些行为和思想的变化正是孩子正常的心理发展的结果，我们必须遵循这些发展规律，违反了自然会带来无穷的烦恼。当我们理解孩子独立意识的发展后，在跟孩子沟通的过程中，就能尊重他们的想法，就能和孩子友好相处，同时，孩子才会听家长的意见。

◎ 其次，家长应摆正心态，尊重孩子的独立人格

明确孩子不是自己的私有物品，他有自己的思维和想法，他是一个有着主观能动性的发展中的个体。不少家长之所以跟孩子沟通不畅，很多时候都是因为在孩子面前摆出我是长辈的姿态，居高临下地训斥孩子，家长根据自己的人生经验，对孩子的想法或意见不予认可，甚至给予否定和打击，导致孩子产生挫败心理和对家长的厌恶，将自己的心门向家长关闭，出现了不听家长话的结果。

◎ 再次，家长应注重跟孩子发展良好的亲子关系，注重平时的沟通与交流

家长与孩子之间，只有建立了良好的亲子关系，才能彼此相互信任，倾听对方的意见和建议。不少家长不注重平时良好亲子关系的建立，而是等到有问题的时候，才进行说教，导致亲子关系紧张，沟通和交流出现障碍。良好的亲子关系需要注重平时的积累，和谐的亲子关系来自于日常的点点滴滴。

◎ 最后，家长应给孩子充分的独立思考和发展的空间，允许他们自己去探索获取关于生活的经验

家长担忧孩子在发展过程中走入歧途的心态可以理解，但是在一定的范围内让孩子自己去发现和探索自己的兴趣爱好和发展方向，

对孩子的未来健康成长却非常重要。多给他们留一些自我发展的空间，不要凡事都去干预，这样是不利于孩子独立人格的发展和健全人格的形成的。

需要特别指出的是，理解孩子，尊重孩子，并不代表一味迁就孩子，任由孩子胡来，而是在建立良好亲子关系的前提下，父母与孩子平等协商，以孩子能够接纳的方式共同解决成长过程中的各种问题。

12. 离不开手机，像有瘾一样，每天晚上都要和同学发短信聊天，有时甚至不知道孩子拿手机在干什么。怎么办？

每个人都有与人沟通和交流的需要，高三的学子也不例外，在紧张的备考过程中，他们利用课余时间通过手机跟朋友交流信息，对缓解学习压力会起到一定的作用。但对于一些自我约束力比较差的孩子，很容易因为对手机的无节制使用而干扰正常的学习和作息规律，造成对手机的心理依赖，这时就需要父母加以约束和管制，将手机带来的弊端降到最低。针对这个问题，我们向家长提出以下解决方法。

◎ 首先，家长应该冷静地跟孩子沟通，理解他们高三学习的压力，以及用手机来沟通的需求

同样也要指出手机带来便利的同时，也带来了负面的影响，手机的便利很容易给正常的学习和休息带来干扰和诱惑，而高三枯燥

紧张的学习很容易导致对手机娱乐功能产生心理依赖。因此，家长应与孩子做好沟通，在正常的上课时间或晚上的休息时间，应关闭手机。如果孩子能够做到这一点，就允许孩子在业余时间使用手机，如果不能做到这一点，则家长需要对孩子使用手机的行为进行约束和管制。

◎ 其次，家长应该分析孩子为什么会对手机产生心理依赖

高三紧张枯燥的复习，让不少孩子容易产生一些烦躁情绪，他们需要找一些方式来宣泄不良的情绪和压力，或找一些同性或异性朋友来倾诉他们的烦忧，手机正好给他们提供了这种便利。如果家长能认识到这个问题，就应在平时的生活中和孩子多一些情感的慰藉和互动的交流，建立良好的亲子关系，保持交流的通畅。在孩子遇到烦恼和压力时，采用一些好的缓解压力的方式，比如：运动，郊游，散步等。这样，孩子对手机的心理依赖将大大缓解，如果孩子已经对手机形成了强烈的心理依赖，则需要父母帮助孩子共同探讨使用手机的规定，避免在沟通不畅的情况下，强制禁止孩子使用手机，导致亲子关系紧张，影响学习情绪。

◎ 最后，与学校协调一致

现在很多学校基本都已认识到手机对孩子学习的负面影响，明文规定禁止学生带手机入校。希望家长能利用好这个契机，配合学校做好孩子的工作。

孩子使用手机的这个问题，需要家长、孩子和学校的共同努力才能顺利解决，而让孩子从内心深处认识到手机对高考复习的负面影响，自觉停止使用手机才是最为重要的。

13. 都到高三了，孩子还经常上网玩游戏聊天。怎么办？

由于网络环境较为复杂，信息良莠不齐，而且孩子涉世未深，阅历尚浅，在学校和家长的双重压力下，网络极易成为孩子逃避责任、逃避社会的"避风港"。特别是孩子已经到了高三，还经常上网玩游戏和聊天，确实是令家长非常头疼的事情。采取什么措施解决这个棘手的问题？下面的一些建议供家长们参考。

◎ 第一，父母应积极与孩子进行平等的交流沟通，加强对孩子的精神关怀

家长应该积极与孩子进行平等的沟通，了解他们的内心世界，了解孩子所思所想，给孩子以精神上的关怀、理解与安慰。如家长可经常与孩子聊孩子感兴趣的事情，共同参与孩子感兴趣的有意义的活动，尊重孩子的认知，满足孩子对精神之爱的需求，就可以减少孩子上网的欲望。

◎ 第二，积极采取措施转移孩子的注意力，将孩子的求知欲引向正确的轨道

家长应设法引导自己孩子的求知方向，从孩子积极向上的心理特性出发，帮助其树立起远大的目标，培养其高尚的情操，增强其

自制能力。如父母经常性地带自己的孩子参加各种文体活动，针对孩子的特长与兴趣，让他参加各种特色补习班，积极鼓励学生参加社会实践活动和各种有益的团体活动等，有意识地将孩子的视线从上网中转移出来。

◎ 第三，家长应加强孩子的心理品质与控制力锻炼

家长应该帮助孩子树立一个坚定正确的奋斗目标，以此为动力培养孩子的控制力与忍耐力。同时，家长应加强孩子情操的陶冶，让孩子对一些生活中的困惑，积极与外部沟通，寻求父母老师朋友等方面的外部支持。如孩子认为难以控制自己，就可让家长参与监督自己。

◎ 第四，孩子到了高三，仍然迷恋电子游戏，你不妨和他一起玩玩电子游戏

你若不会，怎么办？这就更好：虚心请教，把他当老师。如果玩得开心，不妨说："难怪你这么喜欢这玩意儿，真好玩！要是能够靠它赚钱谋生该有多好！"如果你老是失败，不妨发点感慨："我怎么老是失败呢？"其实这就是在与孩子接触和交谈中"有心安顿无心人"。这也是没有办法的办法，与其跟孩子对立，还不如走进孩子的心里，用父母的真情打动孩子，让孩子早日走出网络的误区。

◎ 第五，如果孩子的网瘾已经到了无法与之沟通的地步，建议家长不妨将孩子转学到全封闭式管理的学校，使之与网吧和家里的电脑人为隔离，强制戒除网瘾

但这种方法也只是个别家长在无路可走的情况下，勉为其难的

一种选择。当然，还可以让孩子到专门的心理治疗机构治疗或到心理教育学校矫正网络成瘾的不良行为。

孩子迷恋上网玩游戏聊天，其实家长也有很大的责任，就是我们平时对孩子的关心和陪伴太少了。因此，家长加强与孩子的沟通和情感的交流才是解决问题的根本。

14. 孩子住校，两个月没回家，回家后和家长也不多说话，怎么回事？怎么办？

孩子进入高三后，学业压力往往都比其他年级要大得多，一般住校的同学都想在学校继续复习，多争取些时间学习和休息，不是特别想回家，不少家长也同意自己孩子的这个请求。只要留校确实是在校学习的，我们老师和学校也基本同意并支持这部分同学的选择，为他们创造好周末复习的学习环境和住宿环境，并解决食堂周末的伙食问题。家长和学校的做法也赢得了不少高三学生的欢迎，同时鼓舞着孩子们的积极备考，取得了很好的效果。但是，不少家长由于各种各样的原因，没有跟自己的孩子进行及时的沟通，亲子之间的关系出现了一些隔阂，让不少家长感到困惑和苦恼。

我在心理咨询的实践中就遇到过这样的一个例子。我们学校是全封闭式管理的住宿学校，市区内同学可以每周回家休息一天，但县里或其他省市来的同学一般一个月甚至一个学期回家一次。高三的同学在8月份就进入了学习备考阶段，8月的月考成绩对所有高三的同学来说都显得非常重要，毕竟是进入高三后的第一次考试。然而，不同的学生情况差异较大，考得好的同学固然高兴，信心十足，对后期的学习和复习产生积极影响；成绩与高一、高二相比没变化的同学表现正常，一如既往的奋斗，希望成绩所有提升；但是确实有一部分同学就很沮丧和难过，他们的考试成绩与高一、高二相比出现了较大的滑坡，内心充满了焦虑与矛盾，感觉高三的备考和复习特别压抑和难受，情绪特别低落。其中有一位来自县里的同学，就是第三种情况，考试成绩出现了很大的滑坡，心中充满了焦虑和恐惧，但始终不敢告诉自己的父母，父母也在忙自己的事情，没有及时了解到孩子在学校的变化，这位同学9月份一直在这样的压抑情绪和紧张状态中继续复习着。国庆放假，他回到家中，基本不跟父母说话，情绪也很不好，父母看了很着急，于是跟班主任联系，班主任将这位同学近两个月的情况向家长做了详细的汇报。在班主任的建议下，家长焦急中找到了我，寻求帮助。

我通过与班主任、家长和孩子三方的沟通，了解了孩子的情况，进一步与这位同学进行了深入的沟通，这位同学特别想改变现在这种低迷的状态，在了解了他这种内在的积极动机后，我与这位同学、家长和班主任三方一起制订了一份"行动计划"，一方面父母及时给予孩子鼓励和物质方面的补给，另一方面班主任及其各科老师及时给他补课和额外的关注，同时，我还积极沟通和联络三方，监督这份行动计划的执行情况，在大家的共同努力下，11月份的段考，这位同学的成绩虽然没有大幅的上升，但至少进步了30多分，班里进步了2名，年级进步了6名。在这种形势下，我积极鼓励他，他自己的学习积极性调动起来后，加大周末的补习力度，由于他本人有了明显的学习动机，今年元月份的期末考试中，他进步了108分，各科成绩有了明显的变化，虽然语文和英语没有太大的变化，但是数理化这几科进步明显。孩子的自信心有了明显的增强，情绪也很兴奋。高三下学期，由于复习的强度更大，就停止了补课，让他自己复习。在前面的铺垫下，班主任和科任老师对他的继续关心和照顾，加之他自己的刻苦努力，今年6月的高考还不错，考了547分，高出一本线几十分呢。

通过我咨询的这个案例，家长们不难看出：在与孩子沟通出现问题时，及时解决并化解亲子矛盾对于高三学生的备考十分关键和重要。对此，我结合自己多年的教育教学和心理咨询经验，提出以下几点供高三家长们参考。

首先，在高三这一年里，及时跟班主任了解孩子的学习及生活的方方面面，遇到问题及时处理，把各种问题杜绝在萌芽状态。

第二，与孩子沟通时，尽量不要问学习情况，多关心他们的生活。了解学习情况请尽量去找班主任和科任老师。

第三，孩子出现问题时，请勿急躁，应心平气和地静下心来想解决问题的办法。否则不但解决不了问题，反而激化与孩子的矛盾。我们见过不少这样的家长，虽然出发点是好的，都想解决孩子的问题，但结果适得其反。

第四，积极鼓励孩子在高三阶段的每一个大的或小的进步，树立他们的自信心，想方设法鼓舞他们的斗志，激发他们内在的学习动机。比如：与孩子沟通他想考什么样的大学等来激励他们向自己的目标奋进！

最后，请多站在孩子的角度去想问题，想他们之所想，积极满足他们的各种合情合理的需求，给他们营造一个温馨的家园。夫妻之间切忌在孩子面前吵架和打架！

（以上高永金）

15. 孩子最近情绪不好，爱发脾气，想问问原因，又怕影响他学习，家长该怎么办？

　　高三学生学业压力大，正值青春期的他们在情绪认知和管理水平上都还达不到成年人的水平，加上毕业往往带来人际分离方面的焦虑，因此情绪容易出现波动，有的孩子表现形式是沉默，有的孩子表现形式是反叛，有的孩子则直接表现为发脾气。相比较而言，负面情绪得以及时宣泄抒发是一种比较快捷的情绪自我调节方式，也可带走部分压力。这种脾气常常是看起来无缘无故，其实背后都有着错综复杂的原因，即使孩子本人也未必三言两语能说清楚。如果询问，极有可能使孩子陷入"情绪认知"的难题之中，花费额外的时间和精力。

　　此外，即使孩子能说清缘由，身为家长也未必能够快速地辅助化解。那么，询问本身也徒增家长的烦恼和焦虑，反过来又干扰了孩子的日常学习和生活。

◎ 我们建议家长在孩子高三期间，允许孩子有直接宣泄负面情绪的调节方式

　　高一高二，孩子可以有多种调节情绪的渠道，例如通过听音乐、做运动、玩游戏、看课外书等转移注意力的方式；向朋友或信任的长辈倾诉恳谈的方式；写日记自我宣泄的方式等等。但高三的学生

没有富裕的时间用于课外活动，特别是一模之后。将烦躁、愤怒、失望等负面情绪直接宣泄出来的坐立不安、扔摔东西、哭泣等行为，其实是非常适合高三学习生活节奏和特点的情绪调节方式。多数孩子能在脾气发过之后意识到自己的行为不当，家长着实无须事无巨细都做要求，可以听之任之，不必追问很可能连孩子自己也不确知的原因。理解发脾气是孩子在高压之下的一种本能反应，是一个阶段所特有的现象，随着高考这件大事的结束，压力消除，孩子发脾气的现象多数能"不教自愈"。

◎ 当孩子升入高三之后，可以事先准备一些靠垫或沙袋搁置在孩子随手可取的地方，以备其在情绪失控时摔打撕扯

在孩子发泄之后冷静下来时，家长可照常与孩子互动，对孩子的宣泄行动给予理解和积极的反馈。例如说"孩子，发泄一通是不是感觉轻松了些？祝贺你继续轻装上阵！"，或者"孩子，刚才的你令我们对你潜在的体能大开眼界，这下我们放心你承受前方更多更大的挑战了"，"如果你需要人好好聊一聊，我们随时乐意奉陪。但我们知道选择权在你"。

对于长期以来依赖父母成习惯的高三的青少年，希冀他们在激烈的竞争、持续的睡眠不足和高强度的复习中保持温文尔雅的言谈举止，确实有些过度要求。需要提醒孩子的是注意生命安全、不影响其他同学的日常安排。

◎ 为避免孩子频繁发脾气，最好的做法是预防

在孩子进入高三前后，营造民主宽松的家庭氛围，使孩子敢于

表达真实想法，敢于和家长讨论所见所闻，及时将危机事件化解在日常的家常对话中。对于住宿在校而周末回家的孩子，家长可采取非言语的方式与孩子保持交流，例如发短信、留言条等等；周末预留一刻钟左右亲子无评价交流时间，即无论孩子说什么事、怎么说，家长都不给予道德评判而安然接受。然后双方就事论事展开不同角度的探讨。这个交流时间的重点在于鼓励孩子如实表达。

（以上沈湘秦）

压力调控篇

陈 萱 编写

1. 高三学生的压力源有哪些？怎样帮助孩子缓解压力？

高考压力是一个客观存在。高考压力产生的原因是多方面的：

◎ 第一，学习任务繁重

高三学生学习任务繁重是造成心理压力的重要原因之一。从上高三，每天就是复习、考试，背不完的资料，做不完的练习，没日没夜，周而复始。繁重的学习任务，致使学生付出的不仅是脑力，还要拼体力。当学生看到辛辛苦苦付出，成绩却没有显著提高时，往往会悲观失望，对学习失去兴趣和信心。

◎ 第二，计划难以完成

绝大多数高三学生都给自己制订了严密的学习计划和目标，每天除了吃饭、睡觉之外，所有时间都安排得满满的。但是在实际的学习过程中，却往往不能很好的落实，这导致这些同学因为完不成学习目标而心烦意乱，甚至产生一种自我挫败感。

◎ 第三，频繁的考试排名

高三的每一次考试几乎都会排名，学生之间也会暗自比较。通过考试成绩的排队，可以让学生更准确了解自己的水平，看到差距。但是这同时也给一些心理素质不太好的学生造成很大的压力：排名比较好的，总在担心别人会超越自己；排名不好的则越来越悲观，觉得前景渺茫。学生彼此之间暗暗较劲，有时会导致同学之间关系的微妙变化，大家不再像过去那样随和、融洽，各人只顾忙自己的学业，彼此之间有点漠不关心。这些变化也会导致孩子情绪低落。

◎ 第四，家长过度关注

有调查显示：超过70%的考生家庭生活状态因为高考而改变。不少家长在孩子升入高三后，不看电视，不聊天，不外出应酬，每天陪孩子挑灯夜读；在饮食上，变着花样给孩子增加营养，买各种补脑保健品……这些举止行为让人觉得高考是一件非常严重非常特别的事情，无形中给孩子带来很大的心理压力，内心会反复告诫自己一定要考好，不然就愧对父母家人。

由此可见，高三学生的压力一方面来自于繁重的学业，另一方面则是来自于学生自身和家庭的影响。缓解高考的压力，需要孩子自身努力，同时也需要家长的配合。帮助高三孩子缓解压力，家长要注意以下几点：

◎ 第一，不给孩子施加压力

有的家长可能会说：自从上了高三，我们做父母的连句重话都不敢说，哪还会施加压力啊？其实，给孩子的压力有正面和反面两种，高三学生家长一般不会直接批评指责孩子，施加反面压力。但来自家长的高度关注，家庭气氛的改变，也会成为压力。这些正面压力同样会加剧孩子的紧张心理，让孩子对高考患得患失。

◎ 第二，不盲目攀比

有些家长为了督促孩子学习，经常在孩子面前谈论邻居、同事或亲戚朋友的孩子，如："邻居家的孩子××特别自觉，每天都学习到半夜"，"人家××这次模拟考了600多分，你也努努力考个好点的分数！"或是"同事××的孩子去年考上了北大，今年可就看你的了！"家长以为这样的话可以给孩子鼓劲，但是在孩子听来，可能会觉得家长对自己没信心，不相信自己能考好。这样比较容易让孩子受打击，从而产生消极情绪或逆反心理，影响学习。

◎ 第三，不过多关注分数

有的家长自从孩子上了高三，每天跟孩子说的话都是"这次测验多少分啊？""这回考试排多少名啊？"这种只关注分数的做法也给孩子带来了很大的心理压力。高三的大小考试，无论是学期末考试还是月考、模拟考试，都不能代表最后的高考成绩。面对成绩，家长和孩子都要以平常心来看待，分数名次出现波动是正常现象。家长在关注分数和名次的同时，更要指导孩子总结经验教训。考得好是因为什么？怎样继续保持下去？考得不好，是哪些方面做得不够？该如何调整？特别是对考得不好的孩子，家长不要过多责备，而要帮助孩子通过考试发现漏洞及时弥补。

◎ 第四，让孩子自我管理

有的家长自从孩子上高三，就不遗余力给孩子请家教、报辅导班，从各种渠道搜集复习资料，结果反而让孩子无所适从。十多年读书考试的训练，使得高三的孩子已经具备了一定的应试能力和经验，家长应该相信孩子能自己做好学习的事情，不要强求孩子按照家长的意愿去做。例如，有的孩子喜欢一边听音乐一边做题，而家长认为这样会分散精力。其实每个人的学习习惯不同，有的人边听轻音乐边看书，反而更能激活大脑细胞，集中精力思考问题。对于孩子已经形成了习惯，只要无碍大局，家长就不要在高考复习期间强令孩子改变。因为改变习惯需要一个适应的过程，改变的种种不适，反而可能影响孩子的情绪状态，进而影响学习效果。

高考是一项复杂而紧张的智力活动，需要灵活的头脑和充沛的精力。心理学研究表明，一个人成功与否，知识和智力方面的因素占30％，而非智力因素占70％。也就是说，在相同的客观条件下，一个人抱有适度的期望、愉悦的心情、平和的心境、坚定的信心、健康的身体，更容易取得成功。所以，帮助孩子调整心态、减轻压力的关键，在于家长首先调整好自身的情绪状态，同时给孩子创造宽松、和谐、乐观的家庭氛围，使考生维持一种适度的兴奋状态，这样才能最大限度地发挥自己的真实水平，考出理想成绩。

2. 一提到高考的事，孩子就嫌烦。家长该怎么说，说什么？

最近这几天，晚上复习的时候，晓雨拿起书本看不了一会儿，就扔一边了。在屋里东转转西转转，什么也干不下去。

妈妈好心提醒她:"快高考了,你得抓紧时间看书复习。"

晓雨说:"你们张口闭口就是高考,就知道给我施加压力。要是能废除高考就好了!"

"除了考试,你说还有什么更好的办法?"

"我也不知道,可是一提考试我就烦!"说完晓雨干脆把自己关在屋子里,谁也不理了。妈妈忍不住又多说了两句,没想到晓雨一下子哭了起来:"要不你们也重新上一回高三试试!"似乎受了多大的委屈。家长心里干着急,真是不知道这样下去可怎么办。

常有高三学生家长反映,孩子不知是怎么了,看什么都不顺眼,看见书本就烦。还有些家长反映,为了给孩子减轻压力,他们会主动跟孩子说"别紧张"之类的话,但孩子好像根本不领情,还嫌烦。也有家长宽慰孩子"考不好也不要紧,明年再来",但是这样的话也让孩子反感。本来是想帮孩子减压,结果却是左右为难,家长先乱了方寸。家长究竟怎么做才好?

其实,这是高三学生常见的现象,是孩子在高考压力下的正常反应。自从上了高三,就是接连不断的阶段测验、月考、模拟考试……有的学生说高三的日子就是一个考试接着一个考试,如果哪周没有考试,反而觉得有点不正常。课堂上各学科的老师天天提醒"高考复习应该如何如何",教室里张贴着"距高考还有××天"的倒计时牌。所有这一切都营造了一种紧张、严肃的氛围,时间久了,孩子感觉疲劳、焦虑,难免产生厌烦情绪,厌烦书本,厌烦考试,甚至是厌烦老师、家长。

面对孩子这种烦躁的状态,家长可以从以下几个方面着手帮助孩子减压:

◎ 第一，给孩子自主的空间

看到孩子心情不好，有的家长觉得是自己对孩子关心不够，就不厌其烦地询问究竟发生了什么事？是不是生病了？是不是没考好……有的家长觉得孩子太脆弱了，就严词批评甚至是挖苦一通，导致孩子心情更加烦躁，和家长关系也紧张起来。家长说"不知道该和孩子说什么才好"，那么就尊重孩子的意愿，孩子不想讲话，家长就不要勉强他，当孩子想说的时候，家长就以轻松的心情耐心倾听。高考复习期间，面对孩子的烦躁不安，家长最好的做法就是抱着一颗"平常心"陪伴孩子。首先家长自己要做到心态平和，高考虽然重要，但也只是人生的一个阶段而已，并不会就此决定孩子一生的命运。如果家长内心把高考当做生死攸关的大事，言语、行为上都会传递出紧张、压力，这样无论是关心、鼓励或者批评、监督，都会给孩子造成更大的压力。当家长自己的心态放松了，孩子的情绪也会随之稳定下来。

备考期间，家长切忌过多干涉孩子的学习及生活。有的家长为了让孩子有更多时间学习，包办了孩子日常生活的方方面面；有的家长为了让孩子多做题，想方设法搜寻各地高考复习资料……这些做法都会给孩子增加无形的压力，让本就紧张的气氛更加压抑。其实，让孩子适当做些家务劳动，全家人一起聊一聊高考之外的话题，能够让孩子高度紧张的神经放松一会儿，能有效地缓解学习压力。

◎ 第二，帮孩子树立信心

上高三以后，有些家长经常会不自觉地对孩子说："一定要考好啊"，"争取考上某某名牌大学"。家长这样说，一方面是在表达对孩子的殷切期望，另一方面是希望借此鼓舞士气，增强孩子的信心。然而，如果对孩子的期望过高，这些话不但起不到激励作用，反而会让孩子背上沉重的思想包袱。

自信心是相信自己能成功的心理品质，是对自身能力的科学评估。

家长想帮助孩子树立自信心，要建立在对孩子充分了解的基础上，要从孩子的实际水平出发，认清孩子的能力，确立合理的目标，在自身基础上发挥最好水平，而不是不切实际的攀高。家长要让孩子多和自己比较，尽自己的力量做到最好就是进步。看到孩子每一次考试都是扎扎实实有所进步，即便不是名列前茅，但比以前有了提高，就要及时鼓励孩子，相信他高考能顺利发挥。家长可以在实事求是的基础上多表扬孩子，鼓励他看到优点和进步，增强自信。

◎ 第三，教会孩子轻松应考

高考只是人生的一个过程，只是其中的一个节点。家长要教会孩子轻松应对考试，而不是当做一个无法逃避的麻烦、负担。

心理学研究表明：积极的情绪可使人精神振奋、想象丰富、思维敏捷、富有信心。消极的情绪则使人感到学习枯燥无味、想象贫乏、思维迟钝、心灰意懒。心情愉快时，会增强学习的信心和兴趣。而烦恼、焦虑、恐惧时，会降低学习的愿望和兴趣，抑制思维活动。

面对高考，学生如果把考试看作检验学习效果的手段，是促使自己进步的途径，在这样轻松的状态下，可以发挥出最佳水平。相反，学生如果觉得考试是一种磨难，为了父母的面子不得不学、不得不考，总会担心自己考不好，辜负父母期望，他就会缺乏斗志或者患得患失，导致临场紧张发挥失常。

所以，家长应帮助孩子调整心态，就把考试当作一种查漏补缺的手段，平静应对。特别是在考试前，避免说"全家人的希望全寄托在你身上"之类的话，不要让考试承载额外的东西。

面对高考，每一个家长都会竭尽所能关心孩子，帮助孩子。其实，家长更需要做的是：鼓励孩子为自己的人生负责，并且相信孩子能做到！

3. 孩子抱怨高三复习很累很枯燥，家长该做些什么？

进入高三第二学期，随着高考日益临近，有些孩子开始抱怨高三复习很枯燥，感觉很累，似乎学不下去了。面对孩子的低落情绪，家长首先要保持冷静的心态，告诉孩子不必紧张，这是很多高三学生都会面临的问题：这是进入了"心理高原期"。高三复习的一年中，"高原现象"是普遍存在的，只不过每个学生经历"高原现象"的时间有早有晚，程度轻重不一。

"心理高原期"是指人的大脑和身体体能到了近乎极限的时候，有近乎窒息的感觉。主要表现为：焦虑、烦躁、失眠、记忆力下降、厌学、学习效率降低等现象。在高三一年漫长而又短暂的备考过程中，几乎所有考生都会在某一阶段出现类似的状况：思维反应比以前迟缓了，感觉脑子记不住东西，答题的时候似是而非。尽管自己还是像以前一样努力，但是成绩好像完全停滞不动了，甚至是在倒退。不少同学为此烦恼不已，开始怀疑自己的能力。

面对孩子的烦躁焦虑，家长要保持平和的心态，对"心理高原期"要有清醒认识，在心理和行动上理解和接纳孩子，才能帮助孩子尽快平稳走出"心理高原期"。

◎ 第一，给孩子以情感慰藉

处在"心理高原期"的孩子，情绪低落，对家长的话不理不睬，似乎什么都不愿意说。其实，这些孩子很多时候并不是不愿意交流，而是担心说出心里话之后，家长不能够理解和接受。有的孩子刚抱怨两句"高三的生活太累了，真不想学了"，马上就遭到家长的严厉批评。其实孩子只是发泄一下郁闷的情绪而已，并非真的不想学习了。然而家长劈头盖脸的一顿批评，让孩子再也不愿跟家长多说一句话了。因此，家长要有耐心听孩子述说，多在情感上和行动上给予孩子鼓励和关心。例如：家长可以和孩子谈一些他们感兴趣的话题，让孩子放松一下紧绷的神经；在孩子复习累了的时候，给孩子按摩一下肩颈后背；每天一起散散步，做做适量的运动，既能增进家人之间的感情，还有助于考生睡眠。这些都能让孩子感受到家庭的温暖和父母的支持。另外，多补充富含牛磺酸、赖氨酸、B族维生素等成分的食品，如海鱼、贝类等也是缓解疲劳和焦虑的好办法。

◎ 第二，指导孩子科学用脑

从生理的角度分析，在长时间的紧张复习中，很多同学在疲劳状态下持续学习，由于长时间满负荷甚至是超负荷工作，大脑皮层某些部位处于抑制状态，甚至出现紊乱，已经不能百分之百地投入到学习中去，达不到应有的兴奋点，不能正常工作了。这是产生"高原现象"的根本原因之一，带来的直接后果往往是学习效率下降、力不从心，本来已经掌握的内容难以在短时间内反映出来，或者面对问题根本无从下手。

针对这种情况，家长要指导孩子科学用脑，不要长时间地学习同类性质的知识。因为长时间从事同类性质活动会使得大脑皮层的某一区域在一段时间处于兴奋状态后，转向抑制状态，难以在短时间内激活，这时候必然会感觉学了半天也没有效率。比如，复习了半天数学之后接着马上复习物理，这样做不会有好的效果。因此，一定要注意合理安排复习内容，不同性质的复习材料交替学习，可以复习完数学后看一看外语，这样交替用脑，使得大脑能较长时间处于一个适度兴奋的工作状态。

◎ 第三，帮助孩子调整目标

一个人经过一段时间努力仍旧达不到预定的目标，就会产生失败或挫折感，失败的经验会让他在面临新的问题时，感觉无能为力、丧失信心，从而放弃为实现目标而做出尝试和努力。赛利格曼把这一现象称为"习得性无助"。

人一旦形成了"习得性无助"，就会不断给自己消极的心理暗示：这件事你做不了，那个任务你完不成！使你对自己的能力表示怀疑，常会想象自己失败的场面，并且不断夸大潜在的困难，暗示自己"我无能"，导致自己因为害怕失败而放弃努力。

要改变这种习得性无助，家长首先要根据孩子的实际情况，帮助他制订切实可行的目标，采取小步子原则，将大的目标分解成一个个小目标，这些小目标是经过孩子自身的努力，一步一步可以达到的。在小目标实现的过程中，孩子可以获得成功体验，家长要及时进行表扬和激励，增强孩子的信心。

我们都有过长跑的体验，开始的时候，体力充沛，对自己也有信心，但是跑了一圈又一圈，眼看距离终点已经不远了，这时候，却感觉身体好像到了极限，多一步都跑不动了。如果就此止步，结果只能是失败。而这时候，只要我们咬紧牙关激励自己，再坚持一下，跨过这一点，所谓"极限"的感觉就会消失，就能胜利到达终点。高考复习也是同样，不管"高原现象"带来的烦恼有多少，它都不是学习的极限。家长要引导孩子把高原期看作是"缓冲期"和"调整期"，增强孩子的信心，积极应对，相信自己能平稳顺畅地度过这个"心理高原期"，如此则学业成绩和心理素质都将跨上一个新高度。

4. 孩子像个火药桶，动不动就发火，脾气特别暴躁，怎么帮孩子调整？

高考越来越近，不少家长都觉得孩子的脾气越来越暴躁，像个火药桶，点火就着。在学校因为一点不起眼的小事就跟同学发生口角，回到家动不动就跟父母大吵一架。孩子心里难受，家长也很苦恼。

那么，高考前孩子为什么脾气这么暴躁，家长应该怎样帮助孩子调整呢？

孩子在高考前变得脾气暴躁多是由于"考前焦虑"引起的，这是高考前很正常的心理表现，高三学习时间长、作业量大、考试非常频繁，是学习最紧张的时期，同时也是心理最为脆弱、压力最大的阶段。刚上高三，大多数考生对自己都很有信心，情绪饱满。然而随着时间的推移，漫长的复习之后，大多数人会感觉身心疲惫，出现记忆力衰退、入睡困难，白天精力不济，晚上睡不着觉，免疫力下降等现象，由于学习效率不高，成绩止步不前，想着高考迫在眉睫，孩子的脾气就越发暴躁。

　　家长对此不要过分关注、过于担忧，以免自己的紧张焦虑情绪传给孩子，增加他们的心理负担。要在心理和行为上充分理解孩子，并积极提供指导和帮助，只要调整得好，孩子就能抓紧最后的时间认真复习，并且在高考中正常发挥。

◎ 首先，要接纳孩子的不良情绪，多一些包容和理解

　　孩子将负面情绪暴露出来，是向家长发出了求助的信号。家长可以站在孩子的角度体会一下他的心情，告诉孩子：爸爸妈妈知道高三确实很辛苦，感觉很累很烦躁也是正常的。如果有什么烦恼的事情，可以试着跟爸爸妈妈聊聊。让孩子将自己的困惑、苦恼、郁闷说出来，让他把所有不良的情绪都发泄出来。家长可以告诉孩子，生活中每个人都会有烦恼，如果不及时清理，这些烦恼就像垃圾箱的垃圾一样会越积越多，日积月累，不但侵害人的心理还会给身体带来损害。而这些烦恼一旦倾诉出来，不但心理负担减轻了，整个人都会感觉轻松起来。所以我们要及时识别自己的不良情绪，主动调节。

　　当孩子倾诉遇到的困难或承受的压力时，家长不要急于指手画脚，孩子或许并没有想让家长给出答案。高三的孩子已经积累了一

定的社会经验，初步具备了分析问题解决问题的能力，他们内心知道该如何化解高考的压力。向家长诉说可能只是一种情绪的宣泄，并不意味着要马上解决问题。他需要的或许只是家长的理解和支持。因此，家长与孩子沟通时，要少说多听。这时候，孩子需要的其实很简单——一双倾听的耳朵，一道信任的目光，而不是那些人人都懂的大道理。

◎ 其次，帮助孩子转移不良情绪

我们在生活中遇到了难以解脱的烦恼，可以努力让自己不去想，不去强化消极的情绪，而是把自己的思绪硬性拉开，用积极的情绪来抵消消极的情绪。对困扰自己的烦恼情绪，我们不去想它，而是去做自己平时最喜欢做的事情，让自己有更多愉悦的情绪体验。比如，当孩子因为考试成绩不理想而烦躁的时候，家长尽量不再说关于考试的话题，因为这时候孩子根本听不进去，不如和孩子聊一聊近期的新闻，一起听听音乐，打打球等，让孩子在轻松愉快的活动中忘却烦恼，用时间的推移来逐步淡化烦恼。等孩子情绪平稳之后，再具体分析学习当中的问题。

◎ 最后，家长要鼓励孩子积极主动调节

运动可以缓解焦躁不安的情绪，劳逸结合才能保证良好的心态，才能更高效率地学习。家长可以和孩子一起做些户外运动，保证每天二三十分钟的体育锻炼，比如慢跑、踢毽子、打羽毛球等，但要注意不可过于剧烈，以免影响睡眠或造成意外伤害。对于某些焦虑烦躁情绪强烈的孩子，家长可以帮助孩子学习一些放松训练的方法，

降低身心焦虑的水平。比如让孩子通过深呼吸放松、通过想象放松，或者通过肌肉紧张来放松。这些办法都可以在考试前或者是考场上帮助孩子调整心理状态，使精神更集中，思维更清晰。

5. 孩子心理素质较差，临考前总是烦躁不安，考试时可能会怯场，家长怎么帮助他？

在临场考试时，经常可以看到这样一些现象，有些同学平时学习成绩良好，在考前也作了认真准备，可是在考场上，试卷一发下来，就心跳加快、手脚冰凉，脑中一片空白，平时记得滚瓜烂熟的知识突然全想不起来了。考试结束，一走出考场，所有的知识又都回忆起来了。用考生的话说"后悔得恨不能撞墙！可是后悔也来不及了……"这些同学因此与心仪的学校失之交臂，造成了深深的遗憾。这种临场情绪紧张导致发挥失常的现象就是我们平常所说的考试怯场。

怯场是一种短暂性心理失常现象，表现为原来已经熟记的材料不能回忆或再现，思维阻滞，严重的还可能出现头晕、心悸等症状。产生怯场的原因大多是由于情绪高度紧张而造成的。

由于各人的情况不同，造成怯场的原因也不一样。有的考生过分夸大考试的意义，认为考试成败会直接影响自己的前途和命运。因此，当某一科考试失利时，往往看成是整个考试的失败，心中总在想不及格怎么办，考不上大学怎么办，觉得前景一片黯淡。这种联想，会让自己的情绪越来越紧张，思维混乱，直接导致怯场。也有的考生平时就不够自信，对考试缺乏信心，总以为自己基础不好，知识掌握不牢固，复习不充分，考前就总在担心考试中会遇到难题，一进考场心怦怦乱跳，拿到卷子头脑发懵，好像什么都想不起来了。还有一些考生则是由于心理负担过重，害怕达不到家长定下的目标，让家人失望等等。总之，无论什么原因，过度的紧张都会造成人体生理、心理的失调，出现恐慌、不安、焦急、烦躁等症状，从而影响感知、记忆、思维等能力的发挥，导致考试失常。

预防孩子考试怯场，家长可以从以下几方面着手：

◎ 首先，指导孩子正确认识自己的水平，正确对待考试

家长要了解孩子的客观水平，不给孩子制订过高的指标。只要孩子认真复习，考出自己的实际水平就行了。同时，也要让孩子正确认识自己的水平，有的孩子自我期望过高，甚至抱有侥幸心理，结果在考试时一碰上不会的题目，情绪十分紧张，就容易导致一连串的失误，本来会的题目也做错了，造成无谓的失分。家长和孩子都要认识到，考试就是考查平时的学习水平，考试碰上不会的题目是正常现象，每个同学都可能遇到。胜败乃兵家常事，孩子所能做的就是尽力而为。

◎ 其次，家长要做好自我减压

很多家长都有这样的感受：高考考的不仅是学生，也在考家长。家长的压力一点不比孩子小。临近考试，有的家长回家见到孩子就问"今天考试怎么样？"，"老师给划的重点都背了吗？"句句话不离复习考试；有的家长怕干扰孩子学习，尽量减少行动，不看电视不

聊天，家中悄无声息；有的家长把考生当作重点保护对象，24 小时贴身陪护，关怀备至。这些家长的舐犊情深让人感动，但是这些做法却是不可取的。家长这样做不但起不到鼓舞士气，帮助孩子减压的作用，反而会让孩子觉得很反常，加剧了紧张的气氛。家长说得越多，行为上越小心翼翼，越会刺激孩子产生紧张情绪，对于考试患得患失，影响临场的发挥。因此，家长在心理上要重视高考，但不要让高考打乱全家的生活秩序。人的情绪是会相互影响的，家长能够以平常心看待考试，孩子就能受到感染，轻松迎考。

◎ 第三，教给孩子在考场上减压的方法

一是通过"自我暗示"缓解紧张情绪。比如，情绪过于紧张时，试着在心里对自己说：我的呼吸很平稳，我的头脑也很清楚，我很镇定……这种反复提醒有助于缓解紧张情绪。第二种方法是深呼吸，放慢呼吸频率。很多考生都有体会：在考试过程中遇到难题时，呼吸就会加快，结果感觉更慌乱。在答题中遇到不会的题目时，不要慌张，可以试着做做深呼吸，一呼一吸要做到绵长、缓慢、深沉。只要坚持有规律的呼吸，一定会很快恢复到心理平衡状态，正常作答。还有一种方法叫做"思路中断"。考生一旦产生让自己慌乱的想法，马上果断地对自己说"停"，同时可以紧握一下拳头，或者用双手大拇指按压几下太阳穴，这样就能提醒自己中断原来的思路，把注意力重新集中到试题上来。

◎ 最后，提前演练也能够避免考试怯场

家长可以让孩子说说考试的时候哪些情况容易造成怯场，然后

一起讨论应对的方法。比如遇到不会的题目该怎么办、时间不够用的时候该如何处理等。平常有意识的演练，预想到各种可能出现的状况，准备好应对的策略，把意外之事变为意料之中的事，这样即便考试时发生一些意外，也能从容应对，不会心慌意乱了。

6. 孩子害怕排名落后，对考试有畏难情绪，甚至不愿参加考试，家长该怎么办？

　　张先生的儿子在一所重点高中读书。高一、高二时学习成绩一直很优秀，成绩始终在年级前30名。进入高三后，他学习更加刻苦努力。但是，在前几次考试中，他的成绩都不太理想，特别是最近的一次考试，名次退到了年级60多名。他感到很郁闷，开始怀疑自己的能力。现在一听到考试就害怕，甚至屡次跟家长提到"要是能不参加考试就好了"。从小到大，张先生和妻子工作之外的时间精力都用来陪儿子读书学习，上各种辅导班，就是希望他能考上理想的大学。现在看着儿子每天愁眉不展，张先生担心十几年的努力功亏一篑，不知该怎么办才好。

　　张先生儿子的情况并非特例。每年高三考生中，都有类似的情形出现：临近考试，成绩不见提高，考生情绪低落，并且对考试产生恐惧心理。

出现这种状况的原因可能有很多：考生和家长夸大了高考的重要性；过分看重分数和排名；家长的高要求超出了孩子的承受能力；孩子没有及时调整学习策略……家长可以尝试从以下几方面帮助孩子调整状态：

◎ 第一，家长要客观看待高考

造成孩子心理压力过大的一个主要因素，就是家长和孩子都把考大学作为了自己唯一的出路和目标。

张先生说，十几年来，夫妻俩工作之余的所有时间精力都用来陪孩子读书了，就是希望儿子能考个好大学。现在看到孩子成绩不理想，尽管没有责怪的话语，但内心的焦灼不安还是溢于言表，儿子自然会感受到这种压力。生活中，有不少考生的父母为了孩子能金榜题名，陪孩子挑灯苦读，嘘寒问暖，关心备至。孩子看到父母为他们所做的一切，岂能无动于衷？于是，家长的殷切期盼，每天的提示叮咛，也变成了一份沉甸甸的压力，加在了孩子本就不轻松的肩上。

面对高考，家长首先要放松心态：高考是什么？不就是一次平常的考试嘛！这样的考试，孩子从小到大已经经历了无数次，相信孩子可以轻松应对。更何况高考并不能决定一个人最终的命运，当今社会成才与成功的路有很多，即便高考不理想，只要孩子有积极向上的心态，肯于付出，条条大路通罗马。因此，家长要鼓励孩子积极备考，把高考作为对人生的一次挑战，但不要让孩子觉得自己的人生只有上大学一条路，他仍然有其他的人生选择，只要尽力而为就可以了。家长对孩子学习上的要求要合理，不强求实现过高目标，孩子心理压力就会减小，焦虑、急躁、恐惧的情绪就会得到缓解，而平和冷静的心态才更利于孩子的学习。

◎ 第二，指导孩子合理归因

导致一些孩子惧怕考试的另一个因素是孩子把考不好的原因都归结为"我脑子笨""我天生不适合考试"等，造成自我评价过低。孩子在面临高考时，如果总是看到自己的弱点，甚至夸大自己的不足，就会形成自卑心理，这种自卑心理让孩子在学习上没有自我控制感，总觉得自己无论怎么努力也不会成功。

要消除孩子的自卑心理和恐惧情绪，家长要让孩子学会客观地自我评价，面对考试失误，学会合理归因。心理学研究表明：

当学生把考试失败归结于"自己天生脑子笨和能力低"或归因于"考试题目太难"时，他们在心里就认为"无论自己如何努力，都无法赶上其他人，无法取得成功"，就很难产生强烈的学习动机与动力，往往是自卑甚至自暴自弃，最终丧失了自信心。而当学生把考试失败归因于"自己的主观努力程度不够"时，这个原因是可以改变的，而且主动权掌握在自己的手中。这些同学在失败后会"知耻而后勇"，增强自己主观努力的程度，促使他们加倍努力地学习。因此，家长要积极帮助孩子寻找在学习上的优势，寻找恰当的学习方法，指导孩子学会扬长避短，多肯定自己的努力，就能逐渐摆脱一两次考试失利的阴影，消除焦虑和恐惧。

◎ 第三，正确对待分数和排名

进入高三，可谓"大考三六九，小考天天有"。一些学校会对考试成绩进行排队，即便学校不排名，学生彼此之间也会自己比较一下。这种做法对于压力之下的高三学生产生了不可忽视的负面影响：成绩好的学生担心其他的同学超越自己；成绩不好和考试失利的学生则可能大受打击，就此灰心丧气。家长也对每一次的排名耿耿于怀，总在关注自己孩子提高或退后了几名。其实，考试排名并非一无是处。考试排名，可以帮助学生了解自己在班级和年级的位置，了解彼此间的差距。通过排名，和往年的录取情况做对照，可以帮助学生在高考填报志愿时更准确地定位。对于考试排名，家长和孩子应该做的是，在和其他同学做横向比较的同时，更要纵向比较，和自己比。看看自己这次考试和上一次相比较，哪些学科有进步，哪些学科还没发挥出最佳水平，想想下一阶段应该怎样调整学习计划。家长不要一味地看提高或退后了多少名，而是通过考试排名帮助孩子发现问题，找到下一步努力的方向，指导孩子制订切实可行的学习计划，并且督促孩子认真落实。

◎ 第四，锻炼孩子的意志品质

复习迎考的过程中，有的孩子觉得努力了半天也不见成效，对自己很失望，每天幻想"要是能取消高考就好了"，有的孩子一次大考成绩不好，害怕再次经历失败，干脆临阵退缩，不肯参加考试了。这时候，家长要鼓励孩子树立战胜困难的信心。我们生活在这个世界上，每个人都会面对大大小小的困难和挫折。要生存，就要学会在艰难困苦面前不服输，不到最后决不轻言放弃。高考是一次重要的考试，是对我们学习成果和心理素质的一次检验，既然别人能挺过来，就要告诫自己"我也能行！只要我咬牙坚持住！"

有的考生很努力，但是短期内看不到成效，于是灰心丧气，不再坚持或轻易否定自己。这时候，家长要帮助孩子明白一个道理：

学习是一个将知识转化为能力的过程，需要一段时间的积累，效果才会显现出来。不要轻易否定和怀疑自己，而是需要鼓励孩子继续坚持，持之以恒地努力。

高考对每一个孩子都是一次意志品质的锻炼。能成功应对高考，相信孩子们也能有信心应对今后生活的更多挑战。

7. 孩子平时成绩很好，最近的几次重要考试成绩不但没有提高，反而不断下滑。现在一考试就紧张，怎么办？

案例

小路高中三年的成绩一直在班上名列前茅，高三第一学期成绩也一直很稳定。但是第二学期开学后，几次考试成绩都不理想，模拟考试的总分比自己预期的低了50多分。他很苦恼："我已经非常努力了，每次考试前我都告诫自己一定要考好，可是为什么成绩却越来越差？"现在一想到考试，小路就紧张。眼看高考一天天临近，面对这样的状况，家长感到十分担忧，却是一筹莫展。

高三学生在咨询中，常有人谈到类似的问题：平时成绩一直都不错，临近高考，越是重要考试成绩越差，为此很苦恼。之所以出现这样的状况，主要原因是考生迫切地想得高分，急于通过考试证明自己的能力，过于看重考试的意义了。

现实生活中，很多人都有这样的体验：越想做好一件事可能越做不好。最常见的是足球比赛中，球员急于通过进球来证明自己的实力，盘带过人都很顺利，结果面对空门却一脚射偏，丧失了制胜良机。过于看重结果，患得患失，反而失去应有的水准。

《庄子》中有一个故事讲的就是这个现象：一位博弈者用瓦盆做赌注时，他的技艺可以发挥得淋漓尽致，一旦他用黄金做赌注，则大失水准。庄子称之为"外重者内拙"。意思是说因为他看重身外之物而有所顾惜、心怀畏惧，做事过度用力，意念过度集中，本来灵活的头脑变得笨拙了，反而将平时可以轻松完成的事情做糟了。心理学将这种现象称为"目的颤抖"。太想纫好针时手会颤抖；太想踢进球时脚会颤抖；太想赢得观众的喝彩，结果声音颤抖，忘记了歌词；太想考出好成绩，结果大脑颤抖，思维紊乱……也就是说的我们越重视某个目的，就越难达到。越想考出好成绩证明自己，越不能正常发挥。

解决这一问题，关键在于家长和考生都要正确看待考试。

高三各种考试的意义在于帮助考生全面了解自己，暴露问题，找出自己的"盲点"，查漏缺补，以便及时复习和补救。平时考试暴露的问题多，意味着考生在高考中遇到问题的几率相对就少，高考成功的几率就会相对变大。所以高三复习阶段考试出现问题，虽然会让人沮丧，但并非全是坏事，它会提醒我们及时发现漏洞，有利于我们进行针对性的复习，有利于我们高考时正常发挥自己的水平。高考前的模拟考试成绩不理想，恰好暴露了我们复习中的"盲点"，只要及时复习和补救，不仅不会影响高考，而且还会避免高考中因此失分。我们应该庆幸自己在终点冲刺的这段时间内找到了自己"疑难杂症"的关键点，发现了自己要抓紧弥补的薄弱环节，让我们对高考的把握又增加了几分。

因此，考试前，无论考生还是家长，都不要总是考虑能考多少分，能排多少名，应该想的是怎样做好每一道题，关注的应该是考试过程中的每一个环节，保证不出现无谓的失分，只要排除杂念，扎扎实实做好每一题，自然会有一个满意的成绩。

由于有前面考试失利的教训，有的家长往往会一再叮嘱孩子："上次考得不好，这次可一定要努力"，"一模考试你就没考好，二模可别重蹈覆辙啊!"家长这样说的时候认为是在给孩子提醒、鼓劲，殊不知这样的话在孩子听来，是在不断提醒他曾经失败的经历，不断重现失败的阴影，是在给孩子消极的心理暗示。与其反复跟孩子说要好好考试，还不如提醒他带齐考试用具，路上注意安全。

而考试之后，家长和孩子要认真审视考试中所暴露的问题，及时和任课教师沟通，找出进一步提高的措施，切实做到查缺补漏，及时调整复习策略，以达到有重点、有针对性地复习和弥补，进而达到提高高考应考能力的目的。

过程决定结果，心态决定成败。

忘掉高考被附加的各种意义，只把它当作检验我们学习效果的手段，心无旁骛，就能应对自如。

宠辱不惊，闲看庭前花开花落;去留无意，漫随天外云卷云舒。不为结果所累，成功往往在不经意间悄然而至。

8. 模拟考试前孩子情绪低落，怎样帮助他调整?

下周就该一模考试了，刘女士发现女儿这几天情绪很低落，复习的时候心不在焉，问她话也是爱答不理的，做事慢慢腾腾，不知在想什么。别的孩子考试前都是紧张、兴奋，自己的孩子怎么这么漠然？刘女士很着急，女儿这样的状态怎么考试啊？

如同每个人的个性都不同一样，每个考生对于考试所表现出来的状态也不尽相同。有的孩子是紧张兴奋的状态，也有的孩子像刘女士的女儿一样，表现得平淡漠然。处于这种状态的孩子，感知觉和注意过程减弱，思维变得缓慢，情绪低落，意志消沉，缺乏信心，甚至不想参加考试。出现这种状态，通常是由于过度疲劳或考前复习过度而引起。从心理上来分析，考生往往总是想象考试失利的场景，缺乏有效的解决办法，致使对考试没信心，情绪低落。

面对考试，孩子和家长首先要转换思路：高考考场不是生死战场，无需抱着"背水一战"的决心。无论模拟考试还是高考，就是对于学习效果的检验，当作一次历练人生的机会去迎接它，看淡它，就能从容应对它。

改善考前的不良情绪，需要家长和孩子共同努力。从家长的角度，可以尝试下面这些做法：

◎ 第一，跟孩子坦诚交流

　　家长可以跟孩子讲讲自己的经历。告诉孩子自己在面临重要考验的时候也曾经有过这样的时候：紧张、焦虑、对自己没信心，但是最终都克服困难，顺利走过来了。听到父母也有过这样的时刻，孩子首先会觉得自己的情绪低落没什么不正常，能够接纳自己的不良情绪，并且感受到父母是可以理解自己的，心理压力就会降低一些。父母成功克服困难的经验，也会起到增强信心鼓舞士气的作用。

◎ 第二，强化孩子的积极情绪

　　每一个人都期望得到生活中重要人物的肯定，得到社会赞许。面临高考压力的孩子更希望得到家长的及时鼓励。如果家长每天都能跟孩子说一两句鼓励、赞扬的话，孩子的情绪就会逐渐好转。这种鼓励赞扬不一定是学习成绩提高了多少，孩子在一些生活小事上的成功都可以是鼓励赞扬的话题。通过家长的及时鼓励，让孩子认识到自己有能力做好很多事情，自己是有价值的，孩子就能慢慢高兴起来。

◎ 第三，用家长的积极情绪感染孩子

　　很多父母从孩子上高三之后每天即便不是愁眉紧锁，也是表情凝重。这样的表情体态，无形中给孩子传递了一种信息：高考是一件严重的事。这更加重了孩子的心理压力，使其情绪更加低落。我们知道，人与人之间的情绪会相互影响，尤其是父母和孩子之间。

帮助孩子缓解压力的时候，家长除了用语言安慰之外，还要注意身体表情，努力让自己心里放松一些，想开一点。要让孩子知道，高考不是"一考定终身"，即便高考不理想，事情也并不是糟糕到无可挽回，未来还有很多机会可以不断去调整。通过这样的交流，让孩子无形中被家长积极、向上的情绪感染。

◎ **第四，创造良好的家庭气氛**

临近高考，孩子在家复习的时间会更多，家庭的环境和气氛对孩子情绪影响很大。家长应该想方设法活跃气氛，比如：和孩子一起听听音乐、做做运动；每天讲一讲听到看到的有意思的事；听一段相声，说个笑话等，同时注意保持家庭环境的整洁、安静。这些既能够缓解孩子复习的疲劳感，还能促进孩子产生积极的情绪体验。

9. 高三复习阶段如何缓解紧张、保证睡眠？

案例

下面是一位高三学生说的话：

"随着高考一天天临近，我觉得自己越来越紧张，吃不香睡不着。从模拟考试之后，我就开始失眠。晚上躺在床上翻来覆去不能入睡，越想早点儿睡就越睡不着，即使睡着了也睡得不踏实，总是做梦。白天整个人都昏昏沉沉的，人坐在教室里，精神却集中不了，听讲效率很低。有时候为了保证睡眠，我特意早上床睡觉，结果更糟，两三点了才好不容易入睡。从小我一直是家长和老师眼中的好孩子，他们都说我一定能上重点大学。要是照现在这样下去，高考我肯定考不好，得让大家失望了！"

这位同学谈到的"临近高考，越来越紧张"、"晚上翻来覆去睡不着觉"的情况，可能是很多高三学生面临的问题。临近高考，几乎所有考生都会产生紧张焦虑的反应。之所以紧张焦虑，其中一个重要的原因就是家长和孩子对高考的高度重视，甚至是过分夸大了高考的意义，既希望能超水平发挥，又担心万一考不好怎么办，日思夜想，忧心忡忡。怎样缓解孩子的紧张焦虑？家长可以参考以下几点：

◎ 首先，要相信孩子的能力

既然从小学到中学，孩子一路都是踏踏实实走过来的，成绩很稳定，就要相信孩子的实力，在高考中能正常发挥。其次，家长要看淡高考。尽管高考是一次重大考试，但并不会就此决定孩子的一生。退一步说，即便孩子在高考中不能正常发挥，求学的路并没有就此止步，以后还有机会继续学习深造。因此，高三阶段，家长要多给孩子一些精神上的鼓励，但不要因为家长的殷切希望给孩子造成心理上的压力，如果一味强调一定要考一个好大学，让孩子觉得只能赢不能输，势必给孩子带来很大的精神压力，影响正常的学习与生活。只要让孩子心态平和，就能更好地应对高考。

很多家长和考生都为失眠的问题而烦恼。为什么会出现失眠？失眠是因为对睡眠过度关注，每到入睡时，便担心会睡不着，于是产生了对睡眠的焦虑。其实出现失眠是正常的，造成困扰的不是失眠本身，而是"不想让自己失眠"的想法。当一个人觉得难以入睡时，往往会力图控制自己的睡眠，总想让自己早点入睡，但这种想法往往只会起到干扰作用，结果是越控制越睡不着，越睡不着越想控制，造成了恶性循环，令自己疲惫不堪。

偶尔失眠后，首先要给自己积极的自我暗示，告诉自己"偶尔失眠没什么可怕的"。偶尔失眠，并不意味着从此就会患上失眠症。复习完了，洗个澡，躺在床上身心放松，闭目养神，睡意反而会不期而至。

◎ 其次，不要刻意"求睡"

有的考生觉得前一晚失眠了，必须要补回来，因此刻意改变平时的作息时间，提前去睡，结果反而睡不好，这是因为生活习惯突然改变了，人体的生物钟一下子还不能适应。

大多数高三考生习惯了每天都复习到很晚才睡觉。如果希望高考前能够早睡一会儿，以保证状态，可以提前一段时间逐步调整：从今天开始提前 15 分钟，过几天觉得适应了，再提前 15 分钟，慢慢地到高考前就可以提前到合适的时间了。如果突然一下子提前很多，往往会导致躺在床上睡不着，进而为失眠而烦恼。

有同学和家长担心，高考前一晚，由于紧张和兴奋会失眠。其实大可不必过分担忧。医学上认为，晚上睡不着，躺在床上也是一种休息，对大脑有一定的放松作用，考生不必因为睡不着而太紧张。而且，即便真的睡不着，由于考试时注意力高度集中，睡眠不足的影响也不大。

◎ 另外，家长要让孩子尽量保持生活规律

正常作息，保持人体的生物节律；适度参加体育锻炼，有助于晚上入睡；让孩子的卧室保持整洁、安静，远离噪声，避开光线刺激；睡前不要喝茶、咖啡等会使人兴奋的饮料，避免看惊险刺激的小说、电影，激烈的体育比赛等，都有助于睡眠。

这里再给大家提供两个考前失眠自我调节的小方法：

第一种方法：上床后熄灯躺下仰卧，先做 3~5 次深呼吸，然后想象在黑暗中有一个不太亮的白点，并集中注意力控制这一想象中的白点进行缓慢的圆周运动 50 次，再换成缓慢地勾画五角星轨迹 50 次。如果感到改变不大，则重复上述意念运动程序数次，然后再进行两次深呼吸。每进行一次深呼吸，对自己进行一次暗示："我已经睡着了。"这样就可以起到诱导入睡的效果。

第二种方法：躺上床之后，不必刻意入睡，让自己处于无意识的状态。不要过分关注自己是否入眠，可以想一些轻松的事情；告诉自己一定会成功的，不用焦虑。其次想象自己漂在水面上，告诉自己"我现在很舒服，很快就可以入睡了"，有了良性的心理暗示之后，情绪就会放松，入睡也就容易了。

学业指导篇

李 婕 郑日昌 编写

1. 进入高三后，希望孩子能全力以赴，但总感觉他不能进入状态，家长怎么办？

"不许开手机、不许上网、不许打游戏、不许看电视连续剧、不许同学聚会，每天至少在书桌前坐满8小时，为提前进入高三状态，上海市一些名牌高中的准高三学生在暑假里被老师、家长用'五不原则'和'8小时学习制'硬性绑在书桌前。这种高强度的压力同样也压在其他学校的准高三学生身上。据了解，很多准高三学生不但要应付学校的作业，还被家长拖去参加新高三暑期集训等培训班，做培训班布置的额外作业等等。"

这是几年前的一则新闻，当时报道后引起很大的争议，现在可能很少有学校和家长采用这样的强制性规定，但不变的是家长们的期待，期待孩子尽快进入"高三状态"。可以说从高二的暑假开始，家长跟孩子的对话中这样的句子就明显增多了："都高三了，该收收心了"、"都高三了，你还不知道努力啊！"、"都高三了，还老握着那手机啊！"……于是孩子们说："高三了，非人的生活要开始了"、"高三了，炼狱开始了"、"高三了，没好日子了"……

我们常说一年之计在于春，来形容良好的开始颇具重要性。那么在高三开始的日子里，家长们的期待能否在"五不原则""8小时学习制"或是"都高三了"当中实现呢？

　　高三的生活已经开始一个多月了，小A的学习状态一直不佳，父母比她更着急："这都进入高三一个月了，我看她一点都不在状态，整天无精打采的，学习起来也不专心。起初我说两句还有用，可坚持个两天就又泄气了，现在说也没用了，一点都没有主动性和紧迫感！你说离高考就剩这一年不到的时间了，她怎么就不着急呢！"小A自己也说："我也知道高三应该是紧张充实的，但就是紧张不起来，总是没感觉！"

　　每个刚进入高三的学生，开学的时候都是憋着股劲，对高三既兴奋、期待，又紧张、害怕，经过一段时间的适应，有些学生能顺利而迅速地过渡到高考备考状态中来，而有些学生属于"慢热"型，总是迟迟找不到感觉。在妈妈看来，小A就属于后者。其实高三初期这样的学生并非少数，尚未进入状态或"看似"尚未进入状态都是常见的情况。家长们首先要甄别的是孩子的"未进入状态"是真的还只是"看似"而已。而在甄别开始之前，需要达成共识的是到底什么样的状态才是学习状态？

　　丹尼尔·戈尔曼将学习的最佳状态称为"巅峰状态"，是指没有任何杂念，没有自我意识的忘我状态或无我境界；它会使人们将全部精力、智慧和心理资源都汇聚于眼前的学习和问题解决上，这种专心致志可引发出巨大的内在动力和热情，促使思维顺畅，使问题迎刃而解。听起来似乎这才是高三应该有的学习状态，但美国一项调查研究发现，即使高成就者学习时，也只有40%的时间处于高度集中、深入思考的忘我状态。想一想如果我们看到的只是那另外

60%的时间，那是不是会判定那些高成就者也都不在学习状态呢？这从另一个角度提醒我们，在对孩子的学习状态下定论之前，需要更多地观察和了解。每个孩子学习状态都不尽相同，有的学生喜欢听着音乐学习，看起来精力不集中，但实际效率很高；有的学生在课桌前一坐就是三四个小时，看起来很努力，但实际上人在曹营心在汉，效率并不高。因此需要对孩子的学习习惯有所了解，根据他/她自身的特点对学习状态进行判断。

如果家长甄别后确定是孩子学习状态不佳，那么可以进一步考虑以下方法：

◎ 第一，目标激励法

在笔者所接触的高三学生中，有一批学生初入高三就能特别投入，劲头十足，他们都有一个共同的特点：心中有一个理想大学，并且明确自己当下水平和目标学校之间的距离。由此可见，高考目标的确立对学习状态的调整有很大帮助。但目标要起到激励作用，需要满足以下条件：

有的家长早在孩子上高中的时候就给孩子制订了大学目标，但孩子还是不在状态，这时候需要的其实是将家长的外部期待内化为孩子的自身目标。因为家长的期待对家长而言是具有巨大吸引力的，可是真正完成这个奋斗过程的是孩子，因此目标对于孩子自身而言具有吸引力才是关键的、重要的。只有目标对孩子而言具有吸引力，才能激发孩子的学习动机，才能真正使孩子进入高三学习状态。

高三最常见的状况是孩子们有一个模糊的目标，但却起不到激励的作用。原因在于已经做好了"坦然"面对的准备、想好了出路，比如"我总是想，车到山前必有路，不行就出国或者复读"。可见，模糊目标的意义不大，目标必须明确且具体。

◎ 第二，适当压力法

　　案例中的小 A 在妈妈的帮助下确定了自己理想的大学，并分析了自己当前的成绩和目标之间的距离，为了缩小距离，小 A 学习特别有劲头，妈妈看着心里很欣慰，可是"好景"不长，没过多久小 A 的学习状态又有所回落……

　　高三初期因为离高考还有一段距离，因此学生所背负的心理压力比较小，时间上虽然比高一高二紧张了些，但想起来毕竟还有近一年的时间，不太容易产生紧迫感，因此高强度学习一段时间之后容易放松。1908 年，实验心理学家罗伯特·耶基斯和约翰·多森通过一些实验，得出了耶基斯—多森法则。后来经济学家莱宾斯坦在他 1983 年和 1985 年的两篇论文中将这个法则进行了改写：承受相对较高和较低压力的个人，是不会努力对决策作仔细计算、尽可能做好工作的，只有在适度压力下，他们才能采取极大化行为，工作才可能有最好的绩效。如下图，压力水平 P^* 导致最大绩效；比 P^* 小的压力水平代表一种"安逸"的环境，不足以激发个人发挥；比 P^* 大的压力水平代表一种太过紧张的环境，它使个人技能的发挥受到压抑。

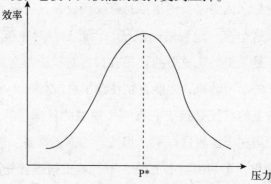

高三初期的学生正处于比 P^* 小的压力水平下，由此产生暂时安逸的环境容易使学生们产生惰性，学习状态不佳。因此可以考虑通过不同方式调整孩子的压力感受。比如学习环境的改变，可以和孩子商定要不要在房间挂上高考倒计时，商定的过程其实就是一种督促，引导孩子想一想离高考还有多少时间，注意，如果这时候离高考还比较远，可以引导孩子不按天数计算，按照小时并把这当中每天用来休息、吃饭、放松的时间去掉，这样所剩下的时间数字会对孩子产生一定的冲击力，引发时间紧迫感，从而调动孩子积极投入的学习状态。

当然，以上方法在采用时都需要考虑孩子本身的性格特点，在具体操作时根据孩子的不同特点有所调整，比如对于自控力较强的孩子，目标激励法的效果可能比较持久，压力方面可能不需要过多提醒；而对于独立性强、不喜欢约束的孩子，压力提醒则需要更委婉巧妙的方式，不宜直接实施。

目标确立了，孩子在实现目标的过程中是需要家长不断鼓励，并在实现每一个小目标的时候及时给予奖励的。让孩子在努力并快乐着中学习，成长，这样才能将良好的学习状态保持下去。

2. 高三的目标管理怎样是合理的？

在非洲撒哈拉大沙漠中有一个叫比赛尔的地方，从前封闭而落后，可如今每年都有成千上万的人到那里旅游。据说，过去比赛尔人从来没有离开过这块贫瘠的土地，不是他们不愿意离开，而是尝试过很多次都没有走出去。人们说，在这里无论从哪个方向走，最后都还是转回到出发的地方。探索者肯·莱文非常纳闷比赛尔人为什么走不出去？他雇了一个比赛尔人，让他带路，想看看到底为什么。他们带了半个月的干粮和水，牵了两峰骆驼，肯·莱文收起指南针，只挂了一根木棍跟在后面。十天过去了，他们大约走了八百英里的路程，果然在第十一天早上又回到了比赛尔。肯·莱文终于明白了，比赛尔人之所以走不出大漠，是因为他们根本不认识北斗星。在一望无际的沙漠里一个人只凭感觉往前走，他只会走出许多大小不一的圆圈，最后的足迹是一把卷尺的形状。

肯·莱文在离开比赛尔时，带上了上次与他合作的叫阿古特尔的青年，告诉他白天休息，晚上朝着北面的那个星星走。阿古特尔照着去做，三天之后果然来到了大漠的边缘。阿古特尔因此成为比赛尔的开拓者，他的铜像被竖在小城的中央。铜像的底座上刻着一行字：新生活是从选定方向开始的。

如同比赛尔人的目标是"走出沙漠"，现在很多高三的学生的目标是"赢得高考"，可是哪里是沙漠的出口，怎样是赢得高考，比赛尔人起初并不知道，而很多高三的孩子也未曾仔细想过这个问题，或者想起时已经茫然步行了很远。正如一位哲人所说："不知道向哪个方向行驶的小船，到哪里都是逆风。"尤其对于高三的孩子，一年的奋斗过程中如果没有目标的导引和激励，这个过程将面临更多的困难低估和挣扎。

目标，在字典里的解释是想要达到的境地或标准。虽然这个词普普通通，却有着非凡的力量。而心理学家经过研究发现，设置目标时如果遵循"SMART"（这是5个英文单词的首字母缩写）原则，会让目标变得非常有效，具有更大的激励作用。

◎ *"S"是指"Specific"（具体的），意思是设定的目标一定要具体*

高三学生都有目标，就是好成绩好大学，但是这样的目标就如同比赛尔人的"走出沙漠"，无法起到指引方向和激励的作用。家长要帮助孩子确定具体的高考目标，比如学校类型、专业方向等，需要注意的是这个具体目标的制订要以孩子为主体，是在他对自己性格、兴趣、价值观的认识基础上，所作出的选择，家长可以提供力量比如在孩子时间紧张的情况下，帮助孩子搜集目标范围内各个学校的具体情况，以供孩子进行比较和选择。

◎ *"M"是"Measurable"的缩写，指目标要可衡量，这样才能在行动进程中评估自己是不是达到了目标，从而产生行动反馈的激励效果*

高考目标已经基本确定后，可以具体量化为高考目标分数，包括总分及各科分数，比较自己目前的实际水平和目标分数之间的距离，对各个科目进行详细的分析，更重要的是根据与目标之间的分值差距而制订复习计划。比如语文目前均分大概100分，而目标分数为110分，那么提高这10分的语文成绩，需要每天花费多少时间，然后以10分距离为目标再继续量化，分析语文学科中可以提升的是哪个部分，比如文言文较差，那么每天的学习中拿出多少时间来复习文言文。通过目标的层级量化，逐步细化自己的日常学习计划。

◎ "A" 是 "Attainable"，即设定的目标是通过努力可以达成的，否则目标只会让自己收获无助感和对自己能力的极大否定，会让孩子逐渐降低学习的自我效能感

目标的设定最好是"跳一跳，够得着"，这样既能起到激发斗志的作用，又能在目标达成之后产生积极正向的反馈，形成良性循环。这时候家长首先要处理好自己的期待，因为即使不明确提出孩子也能从父母的点滴言行中感受到期待，家长的期待要基于孩子的真实水平，不能过高也不宜过低，尤其当孩子通过努力达到时，要及时给予恰当的肯定和鼓励。

◎ "R" 代表 "Relevant"，表明设置的某个目标必须要和其他目标具有相关性，这就类似于我们前面所说的阶段性目标，一个个的阶段目标是达到最终目标的组成部分，它们一定是在一条前进路线上的

高三阶段很多孩子都有目标，但是一到需要付出实际行动的时候就打折扣、或拖延。谈及目标就必然与复习计划、时间安排相关，目标分解得越细、计划做得越具体，越容易激发行动力，但是如果一直聚焦于分化后的小目标上，有可能会感受到与初始总目标的远离，因此家长需要经常引导孩子意识到当下所做的事情是会让自己更接近目标的。

◎ "T" 代表 "Time－based"，指的是最后目标必须具有明确的截止期限，不能无限制地往后推移

对于高三的孩子来说，总目标的截止日期不言而喻就是高考的

日子，但是关键在于各级分目标，比如文言文要达到90%以上的熟练背诵，这个目标必须要有期限，否则可能产生拖延，在这方面家长可以适当参与，帮助孩子执行自己的行动计划来完成各个分目标。

高三的时间过得很漫长，如果没有 SMART 的目标管理，没有逐级设定的分目标及其行动计划，那么很容易在这个漫长的坎坷途中迷失方向；高三的时间也会很短暂，合理的目标管理和计划安排可以让短暂因为充实而延长，当孩子抱怨时间不够用时，当孩子因为时间紧张而乱了阵脚时，家长可以帮助他合理规划，重新步入通向心中目标的正轨。

3. 复习了一段时间后，孩子感觉成绩没有提高，出现了所谓的"高原现象"。家长如何带领孩子突破这种现象？

案例

有家长提到孩子在进入高三后，学习状态一直不错，成绩稳步上升，开始复习一段时间后，成绩不再提高，出现了所谓的"高原现象"，这时候孩子和家长都难受，孩子觉得很沮丧，自己明明很努力怎么就总是停滞不前？每次成绩出来都与所期待的有落差，不禁开始怀疑自己的学习能力。而家长一方面为孩子的成绩着急，另一方面也心疼孩子这么付出却不见成效，不知道该如何引导。

"高原现象"一词源于教育心理学中动作技能的学习曲线。动作技能学习的练习曲线显示：练习者开始进步快，曲线中间有一个明显的或长或短的进步停顿期，后期进步慢。中间的停顿期就叫高原期或高原现象，这时，学习者倍感焦躁，忧心如焚，却又手足无措。若学习者不了解它的规律，不及时改善，极易使自己灰心丧气、注意力分散、身心疲惫，甚至自暴自弃，结果影响学习成绩的提高。

　　高三学生在复习的过程中很可能会出现"高原现象"，虽然从成绩表现上来看"高原期"已经达到了一定高度，但就复习状态而言，这其实是高三复习过程中的一个"低谷"，孩子徘徊于"低谷"之中，这既可能是冲上"浪尖"前的蓄势，也可能是坠入"深谷"前的无奈。如果我们引导得当，孩子便有可能冲出低谷，跃上一个新的台阶。

　　当孩子出现高原现象，首先家长要调整自己的心态，不能跟着孩子一样焦虑着急，要了解孩子辛苦了半年多的时间，出现暂时的停顿是在允许的范围内的。当然高三阶段孩子常常是家庭聚光灯最密集的对象，成绩的波动必然会影响父母的心情，因为孩子成绩的变化而产生情绪波动是很正常的现象，只是孩子在这个时候更敏感更脆弱，他们会感受到父母对自己的态度随着成绩而变化。这样可能产生两种后果，一种孩子会因此暗暗的压力剧增，因为成绩不仅仅是和自己的未来有关，还和父母对自己的爱挂上了钩，为了这份爱他们更加不允许自己成绩不理想，这种过大的压力反而无法使他们难以有效提高成绩；另一种孩子则会因此对父母"有意见"，产生怨恨、责怪的情绪，认为父母对自己的爱是以成绩为条件的。实际上，家长应该给予孩子的是"无条件关注"，尤其在孩子学习受挫时，让孩子感受到信任，从而重新建立信心、鼓起劲头，投入新一轮的学习中。

无条件积极关注是第一步，"态度决定一切"，家长自己要认识到"高原现象"是学习当中出现的正常现象，并不代表孩子的学习水平达到了某个极限，并且要帮孩子也认识到这一点，明白走出高原期后学习效率和学习成绩是还会提高的。其次就是帮助孩子分析高原产生的原因。学习过程中产生"高原现象"的原因很多，每个孩子的学习方法、学习成绩与心态不尽相同，造成高考复习阶段出现高原现象的原因也不完全一样。所以要分析高原期的产生原因，然后才能有的放矢地、针对性地进行解决。

有的学生出现高原现象是因为学习方法的局限。高三不同阶段所复习的内容不一样，由此所适用的学习方法也不相同，尤其是复习后期对系统性和综合性的要求更高，可能前一阶段所使用的学习方法取得明显成效，但对于后期的学习并不十分契合适用，这时候如果继续沿用复习单科知识点的方法来贯通多科目的内容，用过去习惯性的思维去对待后一阶段的复习内容，往往形成学习低效甚至无效的局面。这时候需要孩子根据不同阶段的复习内容和进度及时调整自己的学习方法与策略，提高思维的广度和知识联系的跨度，真正做到融会贯通，找到适合自己的新思维方式和学习策略，契合的方法往往能够事半功倍，使学习成绩有新的提高。

也有的学生出现高原现象是由于生理疲劳与心理疲劳造成的。高三的学习强度很大，很多学生自从升入高三以后，常常是白天晚上连续作战，通常各科老师晚上布置的作业就是第二天所讲的题目，题量很大，如果做不完第二天的听课效果就会打折扣，但如果熬夜写作业又会影响第二天听课时的精神状态，所以不得不提高学习效率，高强度负荷状态下让脑袋高速运转。在这样紧张的状态下，无论生理上还是心理上都很疲劳。生理疲劳与心理疲劳积累到一定时间就会产生高原现象，感觉自己再怎么使劲也上不去了，越学越糊涂。这时候家长要注意提醒孩子劳逸结合的重要性，脑力和体力平衡发挥作用，每天的时间再紧张也要安排出时间休息放松，如散散步、跑跑步等。脑子混沌状态下硬撑着坐在课桌前也是低效的学习，甚至还会影响之后的复习效率，放松休息则是为了更高效的学习。同时更要注意为孩子搭配好饮食，适度的营养和休息是高效奋斗的保证。

总的来说，高原期心态调整是首位，其次是方法上的改变和突破。如果家长和孩子经过一段时间调整，仍然没有多大变化，可以请教学校专业心理咨询师的指导。任何成功都要付出相应的代价，相信孩子付出努力也一定会有收获。只要肯坚持并想办法坚持，那么中途的低谷一定是暂时的。其实对孩子而言，高考复习中的高原期是一种有益的磨砺，如果能处理得当，从当中走出来并总结推广，这对于他们应对日后工作和生活中的困难都是十分有利的。

4. 孩子找不到自己的学习节奏或易受环境干扰，常常"左顾右盼"，心慌意乱。家长如何引导？

小C是一名高三男生，妈妈特别怕他"放假"，每次假期需要自己安排复习的时候，都会看到他在课桌前手忙脚乱，各个科目的课本、参考书、练习册堆满整个桌子，看他一会儿翻翻英语，一会儿又研究物理题目，虽然不用担心他贪玩，却总觉得他坐在桌前也没有踏下心学进去。妈妈看着他忙乱的样子想进屋说说，他又很排斥，要求妈妈不要打扰自己的学习，说每次被打断又需要很长时间才能进入学习状态，妈妈只能作罢，不敢"打扰"。可是他的状态依旧没有改善，越到后期他的反应越是敏感，甚至不能让爸妈在家出一点声音，父母说话都得轻声细语的，使得家庭气氛非常紧张。

法国生物学家乔治·居维叶说："天才，首先是注意力。"保持良好的注意力，是大脑进行感知、记忆、思维等认识活动的基本条件。因此在学习过程中，注意力是否集中直接关系着学习效果。在正常情况下，注意力使心理活动朝向某一事物，有选择地接受某些信息，而抑制其他活动和其他信息，并集中全部的心理能量用于所指向的事物。因而，良好的注意力会提高学习的效率。注意力涣散主要表现为无法将心理活动指向某一具体事物，或无法将全部精力集中到这一事物上来，同时无法抑制对无关事物的注意。

案例中的小C在学习中易受干扰，注意力难以集中，孩子出现这种复习状态，有几种不同的可能：

首先要看这种状态出现的时间，如果孩子一直学习时注意力就不易集中，而并非高三某一阶段的状况，那有可能是学习习惯的问题。对于这样的孩子家长应尽量在环境上给予一定保证，比如孩子学习时尽管可能你很着急很担心，但是也尽量不要"打扰"他，这个打扰并不只是指实际行为上参与，还包括精神上的关注，比如总是询问他今天学习进展如何；其次孩子需要的是条理性，虽然是学习中的条理性，但生活中也会有所体现，并相互影响，家长可以留意一下孩子的房间布置，尽量把物品按类归置，帮助孩子把书籍分门别类码整齐，这不仅仅是在优化他的学习环境，也是通过视野中的清理在潜移默化地影响他的学习状态；再者，这样的孩子最需要的是对复习的合理规划，通常这样的孩子进入学习状态比较慢，可以从数理化解题开始，因为文科的知识点相对比较散，引导孩子明白"专时专用"，不能学语文的时候还想着几何解析题，学数学的时候还想着今天没背英文单词呢，这样精力被分散，其实是在变相地延误高三宝贵的时间，一转眼时间过去了却没完成多少学习任务，会让孩子更加焦虑而难以集中精力。可帮助孩子切分时间段，按科目一一复习。

如果是像案例中的小 C 一样在高三阶段才出现注意力不集中的情况，并且随着考试的临近有加剧的现象，那很可能是由于学习负担重，心理压力过大，而造成高度的紧张和焦虑，从而导致了注意力无法集中的障碍；另外，睡眠不足，大脑得不到充分休息，也可能出现注意力涣散的情况。通常这样的孩子内心压力感比较大，而且较为压抑，可能平常很少会和父母交流内心感受。

小 C 的问题看起来是学习时注意力不集中，这很容易让家长误以为是学习态度的问题，因为通常按照我们的理解，学习时"左顾右盼"就是"不认真"。但其实这样的孩子内心可能也很痛苦，虽然看起来坐在课桌前，但是他的心理能量有很大一部分被压力和负面情绪所占据，使得他无法安下心来集中精力学习，无法安心学习又会反过来使其情绪更加糟糕，更加难以高效学习，形成恶性循环，最终身体累心也累，成绩却难见成效。如果孩子是这样的状态，那么家长只给予物理上安静的环境是不够的，或者说如果心态不调整，那么怎样安静的环境对他而言都是不够安静的。这时候家长要做的是找到孩子的"心结"，帮助孩子"心理解压"，而不只是踮起脚尖走路，如果孩子内心是紧绷、焦躁的，踮起脚尖只会让他更加紧张更加敏感。

家长在了解了孩子注意力不集中的真实原因之后，其实先是对自己心态的调整，理解关心孩子本身的状态，而非学习状态学习成绩，平时注意加强和孩子的情感交流，尽量避免一谈话就是问学习问成绩，留心孩子的情绪反应，情感上的关注和理解对孩子是最好的支持。孩子只有在感受到家长的情感支持之后，才比较容易向家长打开心扉，这样家长就有机会了解到压力感受和压力源，这种内心沟通的过程本身就是一种释放压力的方式。同时，也要尽量让孩子保证基本的睡眠时间，如果长期睡眠不足，很容易导致注意力难以集中，影响学习效率。当然睡眠充足也不是越多越好，一般7~9个小时即可。重要的是睡眠质量。睡眠质量好，即便睡眠时间并不长，依然感到神清气爽。

5. 孩子学习很努力，但效率很低，成绩也上不去，家长该怎么办？

女儿升入高三以来，学习一直非常努力，随着考试的临近，老师每天布置的作业也越来越多，孩子每天都学到后半夜，不仅要求自己必须写完作业，还要多做练习题，有的时候实在撑不住趴在桌子上睡着了，我们家长看着特别心疼。可是，这么多努力却像打水漂，成绩依然在班级中等排名，没有什么进步，孩子也越来越对自己失去信心，我们不知道家长能做些什么来帮孩子走出这个状态？

从所了解的信息来看，案例中的女孩应该是一个很有上进心，并具有较强自控力、肯吃苦的女孩，对于这样的孩子家长无需担心学习态度，关键在于学习方法的改善和心态上的调整。

长期的学习低效，成绩不见提高，会使孩子的自信心受到动摇，在这个时候家长最重要的任务是帮助她重拾信心。而重拾信心不一定非要在学习成绩上体现，可以先从孩子身上其他方面寻找闪光点作为切入口。案例中的女孩对自己的要求很严格，可以看出她有着比较成熟的自控力，对于这一点家长应该感到很欣慰，在这个年龄阶段的孩子来说，能够克服外界的诱惑和自身的惰性，并坚持下去是十分难得的，这一点不仅对孩子的学习，对她未来的工作生活都是非常重要的优势。而高三复习是一个长期的过程，并非一日之功，学生们之间比拼的不仅是分数，更是耐力、意志力，可从这个角度鼓励孩子清楚自己的优势，并坚持发挥这一优势，打消她消极放弃的任何念想。

家长对孩子的优势称赞和鼓励对自信心的重新建立非常重要，但并不是唯一条件，对孩子信心的打击是来自学习方面的不如意，那么来自学习上的好消息自然也有很好的治愈效果。因此信心的恢复还需要依靠学习效能感，而学习效能感必须依靠学习上的成功体验。

就案例中的女孩来看，在第一步鼓励之后，家长第二步要做的是帮助孩子对成绩不佳进行正确合理的归因——通常当失败连续发生时，容易将原因归于稳定的自身因素，如努力、能力等。比如案例中的女孩认为成绩不佳是自己学习能力太差，这种归因方式会使学生产生"习得性无助"，也就是在经历了多次失败之后，学生在情感、认知和行为上会表现出消极的心理状态，形成自我无能的策略，最终导致沮丧、怠慢甚至放弃。这时候家长要及时引导，让孩子意识到成绩不佳的原因并非自己的学习能力差，也不是努力不够，更不是外界的运气或题目难度，除此之外还有最可能的原因就是学习方法，而学习方法是可以改变的，只要失败的原因是可以通过努力改变的，那么就不能放弃也不用害怕。因此要想取得学习上的成功体验，提升孩子的学习效能感从而重建自信，就需要调整学习方法来提高学习效率。

科学的学习应当遵从大脑的活动规律，适合并促进大脑的发展。为了实现基于大脑的学习，首先需要学生在生理上获得基本的睡眠、丰富的营养和适当的运动，因此家长不仅要为孩子提供搭配合理的饮食保证营养的丰富，还要帮助孩子合理安排学习时间。很多学生都说高三的时间没什么好安排的，排来排去都不够用。其实这个目标本身就错了，安排时间并不是为了让时间"够用"，因为我们没有超能力让一天的时间超过24小时，但是却可以在同样的时间里让它利用得更充分更有效，这其实是另一种意义上的延长时间。

生理学研究认为，一天之内有四个学习的高效期，如果使用得当，可以使学习更加轻松得力：清晨起床后，这时候大脑经过了一夜的休息，可以用来学习需要记忆的科目，比如读英文、诵诗词；上午八点到十点，这时候大脑通常比较兴奋和活跃，思考能力较强，是攻克难题的大好时机，比如学习数理化等科目；下午六点到八点，这是一天的在校学习刚刚结束后，可以利用这个时间回顾、复习、补漏白天的学习内容，加深印象，查漏补缺；入睡前一小时，这时候通常心情比较平静，已经进入到较深的学习状态，对一些难于记忆的内容加以复习，效果较好。需要注意的是，以上只是一般性的时间规律，不同的学生，都有自己感觉高效、投入的独特时间规律和学习习惯。根据学习时间的一般规律，仔细观察了解你自己孩子的学习效果情况，找出自己孩子的高效学习时间情况，和孩子一起安排最适合的学习时间计划，就会收到事半功倍的学习效果。

除了时间和学科的搭配，学科之间的搭配也有一定的方法。有的学生喜欢把相近学科安排在相邻时间学习，比如做完数学题，趁着理科思维还在活跃中来做物理题，这个思路是很好的。但实际上，学习时的注意力资源是有限的，如果相似的任务所占用的感觉通道、编码方式重叠较多，短期内的相似任务转移是可以的，但如果时间较长，比如已经做数学题三个小时，之后继续做物理题，那么可能会增加学习难度。因此文理搭配安排不同学习计划，有利于提高学习效能。而在学习某一个科目时，可以通过增加多种感觉通道来加强学习效果，比如听英语时，可以尝试将所听关键词动手写下来，视听双通道的注意分配，口中也念念有词，这样眼、耳、口、手、脑都动起来能够更好地提高学习效能。

在生活方面，家长可以为孩子准备些喜欢吃的食物，愉快的情绪状态下学习效果会比较好，比如情绪兴奋状态下释放的肾上腺素对记忆的存储功能有增强作用，这其实就是为什么生活中高兴的时候感觉头脑灵光。案例中女孩的睡眠严重不足，其实已经影响到她的学习效率。我们都知道失眠时第二天的学习、工作效率低下，这其实是有科学依据的。有研究表明，睡眠并不是关闭大脑让它休息，记忆可以在睡眠和梦中得到强化，这个强化的过程被称为"再巩固"。对于高三的孩子来说，白天大脑大量采集信息，却来不及处理，睡眠的过程其实是对白天所学内容的"再巩固"，良好的睡眠对于学习也是有着重要价值的。

6. 孩子偏科或者不喜欢学某一门功课，怎么办？

　　家长B咨询：我的孩子是高三的理科生，现在出现明显的偏科现象。其实早在高一的时候，我就发现孩子的英语成绩比较一般，当时也没有在意，可升入高三后，英语成绩拉分越来越明显，其他科目都能排在班级前列，但英语常常不够班级的平均分，考试的排名总会因为这一门而落后好多。每次考试结束的家长会上，英语老师的成绩分析中总是标红他的名字，认为他的实际水平和所应该达到的分数差距太大。我很着急，现在每每跟他提及英语，他就跟我急，表现得很烦躁，别指望他在英语上多下功夫了，连多谈论一下都反应剧烈，我该怎么办呢？

　　这位家长所描述的偏科情况其实在高三学生中比较常见，只是可能表现出的偏科科目有所不同、程度有所差异。当这种情况成为让家长担忧的"问题"时，通常是已经比较明显地影响到学生成绩表现了，这时候家长最直接的想法就是要解决这个"问题"，那么最直接的解决途径就是让孩子在弱势学科上着重用力、投入更多时间和精力，尽快补上缺口。可是有的时候，路径虽然直接却布满荆棘而步履维艰，可以试想当我们成年人在某件事情上几度挫败后，自然的第一反应都可能是后退，在这样的情况下如果被要求立即转变态度迎难而上，会是怎样的感受？更何况是自控能力和受挫力尚处于发展过程中的孩子们呢？所以在这个时候，我们可以在行动之前想一想如何进行目标分解——让孩子在弱势科目上提高成绩是我们的总目标，可将其进行分解，化为以下几个分目标：

◎ 第一步是多渠道了解原因

孩子偏科的原因有很多，首先要通过各种渠道了解真正的原因是什么，找到根源才能对症下药。可以积极地和科任老师进行沟通，因为老师们经验丰富，对学科的本质理解透彻，对学生们的问题看得多，自然分析起来就比较得心应手。家长可以着重向孩子弱势科目的老师请教，从孩子在该科目的表现上分析出可能的原因，比如是因为下的功夫不够？基础不够牢实？学习方法不恰当？……以此为基础作为孩子日后努力方向的参照依据。上述案例中的这位家长在和孩子的英语老师沟通中了解到，孩子在英语上花的功夫较少，课上专注度不足，每次答疑时间也都不见他来问问题，而英语成绩的提高必须依靠日常的积累。

和科任老师的沟通非常重要，可以了解到从家长的角度所看不到的状况，在上述案例中，科任老师所提供的信息可以看出孩子在英语上的努力不够，在此基础上进一步推测努力不够的原因可能有多种，比如高三时间紧张，孩子更注重数理化做题？学英语太枯燥，提不起兴趣？曾经努力但未见成效而打击了积极性？……在从外界有一定了解的基础上，最好能和孩子本人进行沟通，从而在诸多可能中确定最符合孩子真实情况的原因。但就像案例中的这位家长所描述的，只要和孩子谈到偏科的问题，根本就无法将话题继续下去，因此这又需要考虑该问题上的沟通技巧。首先要清楚的是，不论孩子是出于什么原因偏科，在这门科目上多次挫败后，科目本身一定已经和负性情绪建立起了连接，因此孩子很自然地会不愿意谈，或是谈及时可能会表现出烦躁，这些是曾经的挫败经历所带来的，而非孩子对你不尊重或是真的不愿意改变，对这些由科目连接带来的负性情绪，孩子们需要的是家长的理解。因此在开始谈论的时候应当注重的是情绪情感上的沟通，表达出对英语所带来"不爽"的理解，而非"就事论事"大谈英语成绩如何提高；让孩子感受到你和他感同身受，是站在他这一方之后，下面的步骤自然就容易了。上述案例中的家长在孩子又一次英语考试失利之后，询问孩子的感受（而非分数），并表达出对孩子的心疼（而非指责），心与心的沟通中了解到孩子对英语不感兴趣，总要背来背去也没什么用，觉得不像数理化做题那么有成就感，因此坐到课桌前就不愿拿起英语书。

◎ 第二步是根据原因，启动内部动力

　　案例中孩子偏科的根本原因是觉得英语枯燥，缺乏学习兴趣，因此在英语学科上投入较少，致使成绩不理想。找到原因之后就会明白为什么直接要求孩子努力的方式效果不佳，因为问题出在学习兴趣上，而兴趣是内在因素，即使强迫他坐在课桌前，依然没有兴趣，那么学习效率自然会大打折扣，因此需要在调动学习兴趣方面动脑筋、想办法。

　　一方面家长可以在生活中渗透兴趣的激发和引导，可从最简单

最常见的方面开始——生活中无处不在的英文缩写，比如时尚流行的"ipod"、汽车驾驶仪表盘上的英文缩写等等。这些或是孩子们原本的兴趣所在，或是生活中需要用到的地方，让孩子们感到知识不仅是为了取得分数，更是"有趣有用"的，这是激发学习兴趣的突破口。另一方面，也可以创造机会，让孩子和以英语为优势科目的同龄人多多接触，同龄人之间的相互影响可以起到潜移默化的作用。此外，还可以和孩子达成协议之后，帮助孩子搜集一些经典的英文故事、英文影片，利用放松休息的时间提升语感。

需要注意的是，这些启动内部动力的方法在运用时要适度、恰当，留心孩子的反应随时调整，不要让孩子感觉是强加给他的。

◎ 第三步是调整目标，提高自我效能感

一个人是否愿意投入某件事情，需要两个条件：一是"我喜欢"做这件事，二是"我能"做好这件事，而且通常这两个条件会相互影响，于高三学生而言，前者之为学习兴趣，后者之为学习中的自我效能感。通常偏科的孩子在弱势科目上的自我效能感都偏低，简单来说，表现为对这个科目没有信心，考这个科目的时候格外紧张，这种自我效能偏低的情况会反过来影响学生的答题状态，而使成绩受到影响，如此恶性循环，弱势科目只会更弱。因此，这时候家长需要帮助孩子认识现状，调整近期目标，比如案例中的孩子如果期待一开始努力，英语成绩就像其他科目一样优秀，可想而知结果会如何。其实可以缩小每一步的距离，比如起初目标定为缩短与均分的差距，只要孩子比以前努力，缩短与均分差距无论幅度大小，都能让孩子感受到"我可以""我能"，那么将对孩子有很大的激励。

◎ **第四步是不断鼓劲，追踪行动落实**

　　任何人都希望付出能够得到回报，有回报的付出才能得到鼓励而继续下去。但我们都知道，在高三这个阶段每位学生都在拼搏奋斗、向前进步，而成绩的提高常常是厚积薄发。因此在孩子努力提升弱势科目的过程中，家长首先自己要做好准备接纳孩子成绩上的延缓效果或是反复波动，然后更重要的是要做好"加油站"的工作，为孩子鼓劲，引导孩子坚持不懈地继续努力。

7. 都到高三下学期了，孩子还不知道学习，总是贪玩，家长该怎么办？

案例

　　高三某班一名男生，高一高二成绩都非常好，进入高三后成绩下滑幅度很大，已经进入高三下学期了，他基本还是不知道学习，要么窝在卧室里玩电脑、玩手机，要么和朋友出去玩到很晚才回家，妈妈苦口婆心也没能让他有任何改变，爸爸曾经试图没收电脑和手机，却只是让孩子产生更大的情绪反应，最终没办法拗不过他，又"物归原主"。自此，父母不敢再对其过于指责，担心孩子有过激的行为反应，但心里却焦急万分，离高考就剩 2 个月的时间了，不知该如何是好……

案例中的男生高一高二成绩都很好，说明他底子还是不错的，家长用了很多方法却不见成效，说明没有抓到孩子的"点"。每个孩子都是有"点"的，也就是改变的切入点、生长点，真正产生痛的根源点。每个孩子也都是有自我改变的积极力量的，只是当孩子出现状况时，家长都会看在眼里急在心上，这时候自然会想要去"拉"他一把、"拽"他一下，希望像他小时候一样通过父母的力量调整孩子，这时候他本身的积极力量得不到施展，很可能反而被用来变成和父母对抗的消极力量了。因此家长有时候很需要"迂回"一下，避开问题想一想如何了解问题产生的原因，顺着原因寻找孩子的"点"，激发孩子自身的积极力量。

案例中的男孩对于父母的管束比较排斥，这样的孩子往往有着比较强烈的自我决定需求。自我决定的需求指的是希望具有控制事情发生、发展及其结果的能力，即希望更多地依赖自己而不是他人做出决定，如果受到他人或外部事件控制时会感到不愉快。简而言之，就是希望能够掌握自己的行动方向。对于青少年而言，自我决定的需求满足对他们尤为重要，因为他正处于一种追求独立、渴望自由的阶段。紧张的高三往往会让家长忽略这一点来自孩子本身成长的其他需求，但其实自我决定需求的满足对孩子学习状态的促进是有益的。很多学校在高三的第二学期都会为学生举办"成人仪式"，以孩子们的十八岁生日为契机，让孩子们感受到自己从今天起作为一个成年人要学会自己决定、自己承担责任，成人仪式的举办其实需要花费孩子们不少时间和精力，但在高三如此宝贵的时间里举办这样的仪式所取得的效果是值得的，很多孩子会从这时开始学习状态发生可喜的转变。因此家长对高三子女可以适当给予自我决定需求的满足，无须事事过问，让孩子明白未来是需要此刻的行为来负责的。

人的成就动机包括两个组成部分：追求成功的动机和避免失败的动机。案例中的男生高一高二成绩都不错，高三下滑明显，当下的"不知道学习"很可能与此有关。成绩的下滑让孩子感受到了失败的滋味，如果没有恰当的引导，很容易因此增加孩子避免失败的动机成分。如果避免失败的动机大于追求成功的动机，这种学生倾向于"不作为"或"少作为"，因为这样即使失败，也可以归结于"那是因为我没使劲"而非"我没有能力"，这其实是孩子一种对自己认知平衡的保护措施。了解到这个原因之后，可以帮助孩子增强追求成功的动机，比如尽量避免说教"你如果还这样下去，高考……"之类的负面结果，而多提及如果努力之后所带来的积极结果，引发孩子对积极结果的向往，从而逐渐增强追求成功的动机成分。

另一种可能的原因是自我监控和自我管理能力不足。曾有研究者与一些有厌学倾向的孩子进行交流，试图调整他们的学习动机，提高学习的积极性，却发现他们明白学习的重要性，知道应该努力认真学习，但总是坚持不下来，或是有拖延侥幸的心理，这样的孩子可能有一定的学习动机，也曾努力学习，但通常坚持不到一两个星期就懈怠下来，不能实施自我监控和自我管理。这时候其实问题不在学习动机上，而是在自控力上。

有学者研究发现，学习动机和学习责任心对学业成绩并没有直接的显著影响，而需要通过行为的自我控制而真正产生作用，可见自控力在学习中的重要性。读到这里，家长们可能已经开始动脑筋如何控制孩子的学习行为了，请打住！如果你想的是如何"帮助"

孩子提高自己的自控力，那么说明前面的自我决定需求你读进心里去了。但如果对于缺乏自控力而导致学习状态不好的孩子，家长自己上阵扮演"控制者"的角色，既然孩子自己控制不好嘛，当然需要家长出马了，规定学习时间、不许看电视、不许上网、不许玩手机……这样的外力督促的确会产生一定作用，只是能保持多久，孩子会是怎样的感受，真正的成效有多大，可能需要打个问号。

笔者曾接触过一个男生，他在高中阶段给老师们的印象一直都是特别贪玩，爱打球爱上网爱游戏。高三的时候，为了方便联系，老师要求孩子们留下手机号，唯独他没有留，这才知道这个孩子为了让自己专心学习，自动向父母上交了手机等一切对自己可能产生"诱惑"的电子产品。

当然，并非必须上交手机才能取得高考胜利，这个例子的关键点在于"自主"。所谓"自控力"，顾名思义发生的主语是"自己"，当孩子的认识已经达到了一定水平，自控的产生所需要的是一把火点燃和促成，这时候家长除了亲自上阵之外，其实完全可以选择做点燃火把的人，以此激发孩子本身的自控力，这样做的效果或许会更好。

8. 最后两个月还能提高成绩吗？怎样提高？

一模考试结束了，小 D 对自己的成绩很不满意，眼看离高考的日子越来越近，每每想到剩下的这 60 天越来越少，小 D 就急出一身汗，心想已经都过去多少个 60 天了，都没见成绩有多大提高，这剩下的 60 天能有多大进步呢？家长看到孩子这样的状态也不由得跟着着急，这眼看高考的日子一天一天近了，孩子不加倍努力反倒是越来越蔫……

有很多学生和家长都可能会有这样的疑问：离高考就只有两个月（或三个月、一个月）了，成绩还能有多大的提高呢？到底怎样才能真的提高呢？李晓鹏这样形容高考前的最后两个月："正是这六十天，影响我以后十年的道路。我现在能坐在剑桥大学伊萨克·牛顿数学研究所的图书馆里写这篇文章，和这六十天的努力是分不开的"。60 天，1440 小时，86400 分钟，1 分钟可以看多少单词、几个公式？而用来思考这些时间能不能提高成绩花了多少分钟、耽误了多少小时？

如果考生心态调整得好，能够准确定位复习的突破点，明确复习策略，再加上合理的饮食、充足的睡眠，形成良好的生物钟，即使是考前一个月提高成绩还是有很大可能的。关键不在于剩下多少时间复习才能有提高，关键在于真正利用了多少时间来复习提高。

当孩子出现这样的疑问而动摇时，父母一定要给予坚定的、肯定的信号，而避免表现出不确定，这会让孩子更加迷惑。但是要注意这个信号的发出尽量用积极正面的表达，比如可以列举一些成功的实例给孩子以吸引力，激发孩子的斗志。有的家长可能性格比较直，听到孩子犹豫动摇，立刻火气上来，觉得这么关键的时候怎么可以有这样的想法，直接三言两语把孩子的念头浇灭，这样一来孩子可能不会再在父母面前表达内心的困扰，但这并不代表他内心的困扰真的因此就消除掉了。

我们都知道"态度决定成功"，而情绪在很大程度上会影响孩子们的"态度"。想一想高三一年孩子所付出的努力、所承受的挫折即使放在我们大人身上也难免要抱怨两句，何况是孩子。因此家长要理解孩子可能出现的负面情绪，要明白学习状态不对时很可能是情绪出现了问题，并且很重要却不易做到的是——要允许孩子适当表达负面情绪。就像案例中的小 D，如果他没有一模考试的失利，没有由此低落的情绪，要帮助他认识到剩下两个月可以提高成绩是很容易的事情，可是想想我们自己的经历，如果我们对某件事处于负面情绪中，被立刻告知要勇于面对它，并被要求立刻付诸行动，我们是不是可以做得到呢？

因此对于这个阶段的孩子，在认知层面的疏导之前，必要的环节是情绪上的释放和疏导。比如案例中的小 D 由于一模成绩不理想受到打击，产生情绪上的低落是很正常的反应，产生负面情绪不可怕，可怕的是压抑着不表达，家长要留心孩子的心理状态特别是情绪状态。如果孩子能主动向父母表达自己的不愉快，家长应当给予陪伴和理解，不要着急纠正，给予孩子安全的表达空间，也要相信经过情绪缓冲期之后孩子是能够站起来继续前进的；如果发现孩子憋着不说但从日常表现来看心情不佳，则需要根据孩子的性格进行判断，有的孩子是憋着一股劲奋力追赶，有的孩子是一被打击就一蹶不振。如果是后者家长应该适时介入，引导孩子逐渐开放内心，表达出心里的感受，对于这样的孩子更要避免以家长的"理性思维"对其做评判，孩子在这个时候需要的是理解、陪伴、支持和鼓励。

高三的考试很多，月考、期中期末考、模考，甚至每周、每天都有测验，家长要注意引导孩子正确地对待成绩的起伏。用一个高三女生的话来说"高三的时间太紧张了，这一次考试失败了，根本不给你难过的时间，下一次考试就来了"。虽然情绪的疏导意义重大，但是也要帮助孩子在高三诸多考试的摸爬滚打中有所成长，尽可能快地从随着成绩或高兴或低落的情绪中走出来，让孩子们明白真正高考之前所有的考试都只有一个目的，就是帮助自己检查知识的不足和缺漏，因此我常跟学生们说，这次考差了，那恭喜你，至少你有机会在高考前把这个漏缺仔细补上！当孩子逐渐明白考试的意义所在，自然因为成绩高低所带来的情绪波动会平稳一些，但完全的消失是不可能的，因此家长要做好全方位的包容之下，对孩子的认识有所引导。

从学习方法的角度来看，在后期的复习阶段，可以尝试利用思维导图梳理自己的知识体系，尤其对于文史类科目，一方面思维导图的优势在于可以利用新颖的方式重新活跃大脑思维。英国大脑潜能和学习方法研究专家东尼·博赞指出："文字性思维是一种单向的思维，比较单调乏味。一旦大脑感觉单调无聊时就会关闭，导致思维中止。"对于高三的学生来说，以往常用的文科学习方法大多是文字性思维，而思维导图可以把形象思维和抽象思维很好地结合起来，让左右脑同时运作，绘制过程中可以用不同颜色，因为颜色和图像都能使大脑兴奋，增强注意力、增强记忆效果。

另一方面，思维导图可以用来梳理知识点查漏补缺。在经过了长期紧张的学习之后，高三的学生们已经掌握了大量知识内容，这时候每个孩子的脑海中都形成了自己的知识结构，思维导图可以将这种知识体系展示出来，既是对已经掌握知识的有机梳理，可以增加记忆效果，也可以从中找出不足和疏漏，再回到课本中查漏补缺，这时候再学习的效果会更好。当然，这也是因人而异，看孩子形成的学习习惯，家长推荐，由孩子自己来决定。

9 临近高考，孩子不想学习甚至想放弃学习，只盼望高考早点到来，家长应该怎样改变孩子这种状态？

高考是孩子们遇到的第一个重要人生关口，孩子们为迎接它的到来准备了一年，它的临近既会让孩子们心情激动，同时又是一个空前的压力事件，让他们焦虑紧张、惶恐不安。面对即将到来的高考，每个学生的反应各不相同。有的同学会感觉知识总有漏洞，怎么都补不完；有的学生盲目自信，放松了备考；当然，这时也不乏有学生因长时间备考而身心俱疲，对高考产生消极怠慢的情绪。毕竟高考临近的时刻，也意味着孩子们已经经历过了将近一年的奋斗和磨砺，这个时候孩子容易感到"筋疲力尽"，生理和心理上都处于"耗竭"状态，可以说是高考前最难熬的一段时间，常被称为"黎明前的黑暗"，和航天飞船返回舱所必须穿越的"黑障"非常相似——

据航天专家介绍，神舟七号在圆满完成太空遨游一系列科研任务返回地球前，需要迎来一个关键时刻——穿越"黑障"。飞船返回舱脱离原来的轨道飞向地面，在下降过程中，飞船的速度是每秒数千米，刚刚进入大气层的外缘，空气就像一堵坚硬的墙壁，猛然撞向飞船，巨大的过载冲击让飞船猛烈地震动起来。在返回舱距地球约100公里时，飞船表面和周围气体摩擦产生巨大的热量，在飞船表面形成的高温等离子气体层将屏蔽电磁波，使飞船在约240秒的时间内暂时失去与地面的联系，这就是"黑障"。

此时此刻，在这短短240秒"黑障"时间里，对于航天专家来说，显得是那么的漫长。漫长得仿佛等待了几个世纪，让人忘记了心跳和呼吸；而它仿佛又是那么的短暂，转瞬即逝，迎来一个辉煌的时刻。这240秒，对航天专家有着切肤之痛，但他们又充满自信和勇气。

穿越240秒的黑障，需要的是自信和勇气，而孩子们要穿越高考前的"黑障"，最需要的也是自信和勇气，这种心态上的加油调整远远比把孩子强按在书桌前多做一道题重要得多。

这时候孩子的心态大概分为两种：一类觉得"没必要"，认为剩下的时间太短，努力的意义不大。这样的孩子可能感觉自己当前的水平和高考目标已经比较接近或者胜算较大，似乎最后的一段时间就像足球比赛中的"垃圾时间"一样，对最后的结果已经无关痛痒，因此不再有特别强烈的学习愿望，学习自然放松。这种情况下关键的突破点在于帮助孩子认识到目标的不同层次和当下努力的关系，其实高考最后的录取结果在同一档次的学校中还分很多层次，同一所学校里面不同专业的录取分数也有区别，因此不管孩子现在处在什么位置，每一点努力都会让他进步一点点，成绩每进步一点点，最后都可能会让他获得一个更好的结果。

另一类觉得"来不及"，同样认为剩下的时间太短，可是越复习越发现还有那么多知识是自己不会的，容易产生烦躁的感受，越是如此越使得复习看起来"无济于事"。对于这样心态的孩子，要先帮他澄清让自己烦躁的原因，是因为感觉距离高考的时间和自己知识的漏洞之间差距太大，那么这背后所隐含的是孩子们自认为自己到高考时应该掌握"所有的"知识，这是他们理想的目标状态。试想如果孩子背负这样的自我要求，那么时间短任务重，甚至根本无法完成，这样学习起来自然容易慌乱。通过目标的澄清会发现孩子们的苦恼根本来源是不合理的期望，当使他们意识到自己这个期望时，多数孩子都能发现其不合理性而进行调整，比如调整为"尽可能多地掌握知识"，从而在行为上做到每学一点，就把这当下的知识点攻下，步步积累和提高。

除了以上从认识层面帮助孩子调整心态，家长还可以通过和孩子的顺畅沟通，从情绪层面上帮助孩子释放、疏导。临近高考的日子，家长也难免越发着急焦虑，自己也要注意平衡心态，而且要有足够的心理准备，平静地接受一切结果，保持一颗平常心。在一个家庭当中，家长和孩子的情绪是互相感染的，如果家长的情绪过于紧张，即使极力掩饰，也很容易在言行举止之间不经意流露，一旦被孩子感知到，就会影响到孩子的情绪状态。而孩子释放紧张、焦虑的情绪，其中较有效的方法之一就是与家长的顺畅交流。让孩子有机会把苦恼说出来，这样压力才能得到释放。但是家长要注意捕捉适当的时机，尽量不要表现出过多的关注和询问，给孩子一个相对独立自主的空间，否则容易无形中增加孩子的心理压力。可以选择一些孩子感兴趣的内容或社会性话题，尽量不要过多涉及高考，当然也无须刻意回避。

在照顾孩子的饮食起居方面，有的家长在最后几天专门请假陪伴孩子，希望孩子考前能够做好充分准备，每天按照高级营养食谱安排饮食，还增加了一些健脑补品，却发现孩子对此不仅不愿意接受还有些排斥。其实越是临近考试，家长越是要像平时一样与孩子相处，尤其不要改变日常的生活习惯和生活节奏。而原有饮食习惯的改变，如给孩子刻意增加营养，既加重了孩子的心理压力，也可能造成身体不适。这段时间孩子主要是为高考做好心理、生理、学习内容等方面的准备。较妥当的方法就是保持一如既往的状态，保持固有的学习节奏、熟悉的环境和惯有的生活习惯。

（以上李婕）

10. 考试将近，需要赶趟儿给孩子请家教吗？

案例

虽然放假在家，但是高三学生小顾的生活却比在校时更为忙碌。自从学校两周前放假让学生回家自主复习的那一天起，小顾的父母就开始忙着为他物色"冲刺家教"。为了在几门主科上"齐头并进"，他们一下子从师大家教部找来了 2 名家教老师，每日 19 时至 21 时轮番为孩子辅导英语和数学。小顾的父母还正在寻找一位"作文写手"，帮助孩子提高高考作文水平。

大四数学系学生吴某负责小顾的数学冲刺，她用"临危受命"来形容这份短期家教。"看得出那孩子很着急，他一直嚷叫着叫我天天去，我临走穿鞋时他还问'考试时间怎么分配'、'题量多该怎么处理'等问题。"小吴说，孩子的父母对她的要求是帮助孩子把整个高中的数学基本概念都整理一遍，熟悉并训练一下要考的题型，"总之是要抓住这最后的几天再跳一跳"。

高三下学期是高考冲刺的关键时期，有很多家长给孩子请家教。有的是为孩子查漏补缺，有的是为使孩子"百尺竿头，更进一步"，有的属于盲目投资，以求心理平衡。"家教并非灵丹妙药"，请家教可能出现诸多问题，比如打乱孩子自己学习时间的安排，无法有针对性地解决学习中的问题，浪费时间金钱，分散孩子的精力，家教良莠不齐误人子弟等。因此，家长给孩子请家教时要注意：

◎ 不强求

孩子不要求则不请。孩子有自己的打算与计划，他们遇到的学习问题在课上、课后都可以有针对性地向老师和同学请教，而这些人更了解孩子的能力与学习的程度，所以他们的帮助可能更为有效。

◎ 找准病因，对症下药

孩子学习成绩不佳存在多方面的原因，家教不是万能的，他们所起的作用往往是较为有限的。所以，要帮助孩子学会总结成绩不理想的原因，若是由于知识欠缺，则可以请任课老师或优秀家教来辅导；若是能力方面的问题，则要求孩子加强相应的训练，常找任课老师、同学等交流；若是心理压力问题，家长应常同他们沟通、加以疏导，减轻他们的压力，必要时可以寻求心理老师的帮助。

◎ 引导孩子独立思考

歌德曾说："被人思考过千百次，但要想使它成为我的，一定要再三思考，直到它在我们个人经验中生根为止。"这句话道出了独立思考在个人学习中的重要性。虽然家教可供孩子在遇到问题时随时询问，并且提供正确的答案和解决问题的方法，但长此以往，会助长孩子的依赖性与独立思考的惰性。孩子如果缺少独立思考的精神，拜再多的师也没有用，永远是咀嚼别人的渣滓，无法得到真正的智慧。

（以上郑日昌）

自我认识篇

陈彩霞 编写

1. 家长如何帮助孩子摆脱刚上高三的困惑和不知所措？

孩子刚上高三，按理说比高一、高二时压力更大，应该更加努力，但孩子却表现得有些困惑和不知所措，想努力却又不知如何努力，或者根本努力不起来。

作为家长，看到孩子这种状态，肯定会非常着急。虽然高一、高二时也会有高考的压力，但真的进入高三，直接面对高考，孩子体验到的压力会更直观和迫切，刚进入高三的情况下，如果孩子内心对高考没有一个明确合理的自我定位，可能就会表现出无所适从，或者即使表现出已经适应高三生活的样子，内心也会出现一些彷徨和迷惘。作为家长，首先要了解并理解孩子：这是一种很正常的状态！接下来，家长工作的重点就是要帮助孩子确立对高考的合理自我定位，让孩子了解自己、接纳自己，以积极乐观的心态投入高三的学习生活！具体来说，家长可以从以下几方面去协助孩子：

◎ 第一，协助孩子了解自己

从心理学的视角来说，了解自己包括了解自己的气质、性格、能力、兴趣、特长等特点。对于高三学生来讲，了解自己的重点是要明白自己，分析自己，知己知彼，要明白自己的优势是什么，劣势是什么，优势的地方要巩固、要加强，劣势的地方一定要集中优势兵力迅速地补上。俗话说"父母是最了解孩子的人"，作为家长，你可以根据对孩子的了解，和孩子一起分析孩子进入高三后的优、劣势，重点是突出优势以增强孩子的自信心。这里的优势既包括性格上的优势，比如"做事情有条理"、"细心"、"做事有毅力"、"精力充沛"等；也包括学习能力的优势，比如"逻辑思维能力强"、"想象力丰富"、"善于总结反思"等；还包括学习成绩的优势，比如某一学科的成绩优势。当然，在和孩子重点强调优势的基础上，也可以分析一下劣势，但这个劣势应该是通过努力或者是可以用优势去改进的，比如"学习和考试时容易马虎"、"英语阅读理解较差"等，这些都是可以通过训练和平时有意的注意去提高的。总之，家长要明确，帮助孩子了解自己的最终目的是让孩子接纳自己，拥有积极的好心态。

◎ 第二，帮助孩子正确认识高考

孩子的状态和他（她）对高考的认识直接相关，孩子对高考的认识又和家长对高考的态度有关。在学校做心理咨询的过程中，我们发现，很多高三学生对高考过高的压力来自于他们的父母，所以，帮助孩子正确对待高考，家长首先要调整对高考的态度。高考到底是什么？家长到底应该以什么样的态度对待它？这真的没有一个统一的正确的答案。有人认为"高考是人生的转折点"，有人认为"高考是一种重要的人生经历"，如此等等。《环球时报》曾有一条消息说，在一些外国人的眼里，中国的高考"简直就像一场战争"，中国的高考，已经被称为"全世界最大规模的升学考试"，我想这也说出了很多家长的心声。但如果以对待战争的心态来对待高考，孩子尤其是心态欠佳的孩子感受到更多的便是压力，而如果以"其实高考只不过是漫漫人生中重要的一小步，并不能决定一切"的认识来看待高考，孩子的心态就会平和很多。事实上，高考当然是非常非常重要的事情，但是更重要的是高考以后的人生选择，职业选择，人生成功与幸福。

除了帮助孩子以平和的心态来对待高考，家长还要让孩子认识到："不用为了谁而高考，不用为了谁而考出个好成绩。是你自己在参加高考，是你自己在走你自己的人生之路，你做的一切只要你自己满意就行了，不要在意别人对你的期望抑或是其他什么，这终究是你自己一个人的事情，自己尽力去做好，对得起自己就够了。"只有当孩子意识到高考是自己的事情时，才能激发他努力的内在动机，确定自己的高考目标，以全新的状态投入高三的学习！

◎ 第三，帮助孩子了解自己可以为高考做什么

这个了解建立在家长帮助孩子了解自我和了解高考的基础之上：了解了自己的优劣势尤其是优势，对高考有了正确的认识和态度，接下来自然便是如何从行动上来应对高考，即指导孩子确定对高考的自我定位。

首先要做的一点就是让孩子确保现在已经进入"高三状态"了，即要明确自己已经是一名高三的学生，已经站在高考的最前沿，一定要以高考为重；其次就是和孩子一起制订高考的目标和计划，目标要定成略高于孩子现在的水平，而且要保证一点，这点非常重要，就是通过孩子自己的努力，这个目标是可以实现的。当然，这里的水平不仅指孩子的具体成绩，更具有参照性的应该是孩子在学校以及在区里的名次。最后，家长还应该让孩子做好应对困难的准备，告诉孩子："高三是很辛苦的，艰苦异常，就像一场马拉松，42.195公里，这个过程中你可能会饥饿、会口渴、会疲惫不堪，但是你必

须坚持，而且你能够坚持。行百里者半九十，哪怕是最后的那一刻，你也不能有一丝的懈怠。坚持到最后，迎接你的必定是胜利！"

相信在家长的帮助下，孩子了解了自己和高考，对高三一年的学习生活有了明确的计划，接下来的便是踏踏实实去努力了！

2. 孩子对高考没有自信，总担心考试不理想，家长应该怎么办？

从青少年心理发展的角度来看，这一阶段孩子学习的自信心能积极地开发潜能，是考试取得佳绩的强大内因，所以自信心对学习和考试非常重要。但是很多的高三学生学习上没有自信心，情绪低落，这严重影响了学习的热情和主动性。学习基础差、过低的自我评价、别人的讽刺挖苦、过高的期望目标、盲目的与他人对比等，这些都是导致学生缺乏学习自信心的主要原因。所以，作为家长，首先要根据对孩子的了解，明确孩子缺乏自信的原因，然后再对症下药去帮助孩子。具体来讲，家长可以从以下几方面着手：

◎ 要用积极乐观的心态影响孩子

家长和孩子生活在一起，彼此心态、情绪相互有影响，所以家长要有意识地用积极乐观的心态去影响孩子。比如：当孩子自卑、愁苦的时候，家长要用真诚积极的语言鼓励安慰孩子："虽然你以前的基础不太好，但是爸爸已经看到你这一段很努力地学习，确实掌握了很多以前遗留下来的知识点，不要急，爸爸相信你继续这样坚持下去，一定能赶上来的"；"你在妈妈心目中一直都是最棒的，妈妈一直很欣赏你解决困难的勇气，相信这次学习上的困难你一定会解决的，妈妈愿意帮助和支持你"。家长始终给孩子以鼓励和信任，这是对孩子巨大的精神支持，孩子能真心感受到父母对自己的爱，便会产生强大的克服困难的心理动力和勇气。孩子在父母的理解和强大精神鼓舞下，也能更快、更勇敢地克服困难，找回学习上的信心。

◎ 引导孩子学会自我肯定和积极的自我暗示

相信自己，是高考成功的前提和基石。孩子对自己评价过低、易受到别人的负面评价的影响、盲目和别人攀比等，其实都是孩子没有很好地相信自己的表现。这时，家长一定要帮助孩子学会自我肯定。积极的自我想象和积极的心理暗示都是比较行之有效的方法。

积极的自我想象可以唤起孩子愉快的情绪体验，比如可以让孩子回忆记忆中考试最成功的经历，体验当时的心情感受；也可以让孩子想象在自信的状态下参加考试的体验等，这些积极的想象都可以帮助孩子增强对自我的肯定。

积极的心理暗示是一种正向的提醒和指令，会引导人潜在的积极动机，产生积极的行为。比如，家长可以经常让孩子对自己进行积极暗示，告诉自己"我行"、"我完全有能力应对考试"、"我已经准备好了"等，在这种自我调整的作用下，孩子便能够很好地消除心理压力，放松心情。

此外，家长还要引导孩子正确认识自己的能力，不要做横向比较，要纵向比较，即自己和自己比，不要对自己过分苛求，只要尽自己最大努力，做到无愧于自己就可以了。

◎ 引导孩子进行正确的归因

学生对每次考试的成败其实都自觉或不自觉地进行归因。正确的归因有利于学生更加努力，争取下一次考试的成功，可是有更多的学生不能正确积极地归因，总是把考试的失败归因为自己能力差等这些因素，这样的归因就调动不起自己学习的主动性，使自己更加自卑和失去学习上的信心。所以家长要让孩子在学习上学会正确的归因。

归因可以分为内因和外因，稳定性原因和易变性原因，可控性原因和不可控性原因。如果家长能引导孩子把考试的失败归结为是"自己的努力不够"等内在、可自我控制的因素，那么孩子就可以通过更多的努力来争取下次考试的进步。如果孩子总是把自己考试失败的原因归结为是自己能力差、考试的题偏难、自己的运气不好等外在、不可控制也不稳定的因素，这显然使孩子对以后的学习仍然感到无能为力，不能激发孩子学习的主动性和学习的信心。

◎ 对孩子有合理的期望，多赏识和激励孩子

如果家长平时对孩子期望值过高，临考又担心孩子考不好，即使家长认为自己掩饰得很好，不会让孩子感觉到，更没有用语言告诉孩子，事实上，父母的这种担心孩子会很敏锐地察觉到，也许还会形成一个心理暗示，觉得自己可能不够好，父母对自己的能力并不信任等，这样便降低了孩子的自信，所以家长一定要有平和的心态，合理看待孩子的高考。

在合理的期望之下，家长要在平时尽可能地欣赏自己的孩子。这里的欣赏不是认为孩子所有的现状都是最好的，而是在肯定和接

受现状的基础上，激励孩子继续努力，并提出建议。这样会让孩子在欣慰的同时，感觉到来自父母的殷切希望。

可以对孩子说："成绩还不错，不过再努力一点，你会取得更优异的成绩！"如果孩子考了第一名或者成绩相当不错，家长可以说："真是好样的，相信你能继续保持下去！"而不是说："不错，继续努力！"如果孩子听"继续努力"这句话的次数太多，也会失去耐心，他不禁会问：难道父母对我的期望没有尽头吗？总是让我继续努力，努力到什么程度他们才会满意呢？所以，要适可而止，尤其在孩子已经非常出色的时候，不妨多说几句赞赏的话，让孩子继续保持好习惯。

以上这几点建议，主要还是给一些平时和孩子沟通比较顺畅，孩子愿意和父母进行沟通的家庭。如果父母和孩子之间本身沟通就存在各种问题，或者孩子比较封闭，和父母沟通不畅，父母就要及时和学校的心理老师或者校外的专业人士取得联系，寻求专业有效的支持和帮助。很多父母在这一阶段"生硬地"要求和孩子沟通，盲目地给孩子鼓励，往往会导致更严重的家庭困扰，对孩子的学习状态产生更为不利的影响。

3. 孩子好胜心不是很强，没有什么紧张感，家长应该怎么办？

一般来说，进入高三后，孩子普遍会表现得比以前更紧张，甚至出现考试前的焦虑，这好像已经成为了大家的共识，或者说已经被认为是常态的反应。所以当看到自己的孩子没有紧张感时，家长反而会着急上火，担心孩子的这种状态会影响到最终的高考成绩，从这个角度来说，我们完全理解家长的感受。我们认为，家长可以从以下几点着手去理解和帮助孩子：

◎ 第一，了解孩子的个性特征并接纳孩子的个性

个性特征是指个体在心理发展过程中逐渐形成的稳定的心理特点。个性特征的形成与环境、教育、社会和遗传因素有着密切的关系，一个人的个性特征对其心理特点和行为方式有很大的影响。在众多的个性特征中，有一项关于低紧张性特点的描述：低紧张性的人为人处世心平气和，宁静安详，知足常乐，能够保持内心的平衡和健康的心理状态，但是，有时可能因此而过于懒散，缺乏上进心和主动精神。事实上，人的个性特征是非常丰富和复杂的，每种特征都各有优缺点，作为家长，首先要了解并接纳孩子的个性特点，在了解的基础上，再对症下药去实施适合孩子的教育行为。

◎ 第二，全面了解、评价孩子，不能将是否有好胜心作为评价孩子好坏的标准

在如今竞争激烈、功利化的社会中，评判一个人的标准常常是这个人是否有作为，能获得多大的成就。然而这不是唯一的标准。每个人都有无限的潜能，每个人都有积极向上的一面，也有实现自我的能力。当人在追求某个理想时，就会自己朝着理想所在的方向前进。从这个意义上来说，每个人都是有进取心的。但是很多家长并没有看到孩子追求自己目标的进取心，而是片面地认为孩子没有

好胜心。从这点来说，如果家长认为孩子没有好胜心，是否应该先调整自己的心态呢？家长是否需要反思，在孩子的高考面前，自己是否过于紧张或对孩子期望过高了呢？如果家长静下心来，全面衡量一下孩子的状况，也许会发现，虽然孩子表现出来的是好胜心不强，没有紧张感，但孩子的成绩并不差，而且也一直都在努力呢。当然，如果不是这种情况，就要采取一些措施了，家长可以参考下面几条建议。

◎ 第三，和孩子强调高考的意义，增强孩子的责任意识

前面说过，高考并不能决定人的一生，但高考绝对是人生中非常重要的一个经历，真正对高考全力以赴的人，才能称得上是无悔的。一定要和孩子强调，高考是他个人的事情，正确面对高考就是对自己的人生负责，以此增强孩子的责任感和努力的自主性。

◎ 第四，帮助孩子明确高考的奋斗目标并适当监督

目标最好是建立在孩子的兴趣和理想之上，这样更有利于激发孩子的学习动机和积极性。进入高三，孩子最大的愿望就是考进自己向往的大学，但是，考进大学对处于高三门槛的学生来说，还是一个远期的目标，家长可以协助孩子按时间或任务把这个目标分解成一个个的小目标。目标越小也就越明确，实现的可能性就越大，明确了目标，经过自己的努力达到了，离远期的目标就近了一步，同时也增强了孩子的成就感，进而激发了继续努力的信心。当然，这个目标不能太高，必须是经过孩子自己一番努力能够达到的。需要注意的是，家长一定要监督或提醒孩子坚持下去。

◎ 第五，及时和老师沟通，寻求老师的帮助

比如，有的老师在班里以不同的形式展开同学间的竞争，同学之间的竞争要抱着一种互相促进、共同提高的出发点，在考试、作业乃至平时某个具体问题的解决上，互相比较，取长补短。比如，以游戏的方式在两三个人之间开展竞赛，既可以调节气氛，又可以放松心情，在娱乐中提高了解决问题的能力，也提高了学习效率。有时还可以及时对胜利者进行赞扬，乃至奖励，彼此在胜利的欢喜中获得成功的体验，并将之逐渐转化为自信心和好胜心，更实现自我激励的目的，提高进一步学习新知识，解决新问题的兴趣。如果孩子所在班级展开这种竞争，家长可以及时了解孩子的表现，根据情况请老师对孩子多加鼓励和肯定；如果没有，也可以请老师有目的地让孩子和班里的同学进行良性竞争。实践证明，同学间的竞争或朋辈教育对激发孩子学习的兴趣和竞争意识是行之有效的方法。

总之，面对好胜心不强的孩子，家长首先要调整自己的心态，理解和接纳是关键，鼓励和激发是比较合理有效的方法。

4. 孩子想取得好成绩，又不肯付出努力，只想轻松过关，怎么办？

小勇每到周末都要出去和同学玩耍，平时学习也不努力，完全

不像一个高三学生的样子。家长经常听朋友或同事说他们的孩子晚上作业写到几点几点、周末上了什么辅导课或请了什么家教，对自己孩子的情形看在眼里，急在心里，问孩子是怎么打算的，他还挺不耐烦，说自己也想取得好成绩。

在当下的教育中，经常听到老师或家长说："为什么现在的学习条件越来越好了，反而有更多的学生却不努力学习呢？"学生学习不努力现象俨然成为具有一定普遍性，而让老师和家长十分头疼的棘手问题。那么，到底是什么原因导致孩子不努力学习呢，我们花点篇幅和家长从"自我价值理论"的角度探讨一下，让大家知其然又知其所以然，这样对家长决定如何去帮助孩子会有更大的助益。

自我价值理论关注具有不努力、逃避任务、自我障碍等行为的学生，指出并不是这些学生缺少动机，他们具有动机，只是引发动机的原因不对。他们的动机不是为了学习，而是为了保护自我价值而逃避学习。

自我价值理论的理论假设认为人具有建立和维护自我价值的倾向，人们不懈的努力去实现自己的价值，得到社会的认可与承认。然而在现实的生活中，普遍认可的是成功人士，只有成功才被认为是有价值的，光环和荣誉只属于那些成功的人，而失败往往被认为是无能的表现，受到的常常是冷落与蔑视。成功渐渐成为自我价值的代名词。于是人们产生了一种矛盾的心理，一方面强烈地渴望成功，得到他人的认可与承认，另一方面却有充满着对失败的恐惧，害怕被贴上无能的标签。因此当人们对未来成功与否不确定时，更倾向于采取回避的策略，把失败归因于与能力无关的因素，逃避失败后带来的自我价值的损害。而且在自我价值理论看来，努力本身也是一把双刃剑，通过努力获得成功固然令人欣喜，然而努力本身却又存在着一定的风险，过多的付出却没有获得成功时，会更加令人沮丧，因为努力与否已不是影响成败的因素，失败是因为自己能力不行。因此，学生形成了回避失败的策略，以避免对自己能力的归因，以此保护自我价值不受到伤害。这也就解释了为什么有些学生学习不努力，即便是有些好学生也不愿挑战困难的任务，其目的都是为了维护自我价值不受到伤害。

低努力策略是自我价值保护最为常见的一种方式。低努力策略通常表现为不参与或者是没有尽全力去参与，因为这样就不能证明自己的能力如何，从而避免了失败的可能及其失败后对能力的归因。由于失败可以归因于努力的不足而不是自己的无能，从而达到自我价值保护的目的。

了解了孩子不够努力的内在心理机制，我想聪明的家长已经想到如何去激发孩子努力的积极性了。

◎ 第一，正确看待成功与失败，建立积极鼓励的学习环境

父母对待成功与失败的态度和行为对孩子具有很大的影响。国外一些早期研究表明，以追求成功为导向的小孩子的父母，更倾向于鼓励孩子独立和自主选择的能力。而且这些父母通常奖励孩子的成功行为，对失败采取一种漠视的态度。而以回避失败为取向的小孩子的父母却正相反，他们把失败看成是辜负了父母的期望，背离了父母的意志而大加责难，对成功却只给予轻微的奖励或者是冷遇，结果造成孩子对失败充满了恐惧，设法逃避失败带来的自我价值的受损。

家长还应该建立积极鼓励的学习环境，允许孩子对任务做出适当的选择，在给予正确性反馈后，允许孩子修正错误，以孩子此后的进步来奖赏和评价孩子。

◎ 第二，有效的表扬和反馈

有效的表扬应该是具体的，表达的是对孩子努力与成就的欣赏，要经常看到孩子的努力和进步，发现孩子在学习和生活上有进步和闪光点的时候，要不失时机地给予表扬和肯定，这样一方面可以让孩子有成就感而越来越主动地加强学习，另一方面可通过家长的良性心理暗示更进一步激发孩子向上的自信心。有效的反馈应该为孩子提供有价值的信息，真正是为了学生的改进与提高，而不是批评或对能力的否定。

◎ 第三，训练学生积极正确的自我归因

尽管自我价值保护的学生往往通过不努力的方式，把失败归因于能力之外的一些因素，在一定程度上对失败的归因是积极的。但研究表明，自我价值保护的学生也常常把成功归因于诸如运气等外在的不可控的因素，他们对自身能力的评估极为不确定。因此在教育中家长要培养孩子对自己的成功负责。通过制订适当的目标和有效的指导让孩子体验成功，并训练孩子把成功归因于能力和努力，相信自己能够获得成功，自己能够控制、决定自己的命运。当孩子相信自己有能力获得成功时，回避失败的行为就会减少。

◎ 第四，多和老师沟通

家长可以用婉转而又不失尊重的方式、方法向老师介绍孩子的

个性特点，建议多关照孩子，最好是多表扬和鼓励等等，通过内外的诱导、鼓励和欣赏，促使孩子敞开心扉与师长沟通，进而把心思用到学习上来。

◎ 第五，切忌用比较法来与别的孩子对比

心理学表明，家长用其他孩子与自己的孩子比较，特别是赞赏别的孩子会对自己的孩子心理造成阴影。所以我们要做的是不要拿别人的孩子与自己的孩子做比较，也不要去管别人的孩子在看什么书、做什么题、学习到了几点、成绩考到了什么位置，也不要总是向孩子灌输和推荐太多的参考资料和高考复习内容等等，要让孩子保持自我、把握自己，按自己的目标走。这是因为每个人的需要不同、目标不同，进步发展的曲线也是不同的，只有孩子自己最了解自己的情况，让孩子保持自我才是最为重要的。

◎ 第六，在适当的时候，可以给孩子创造一些"教育环境"

比如可以让孩子到较为偏僻及贫困的亲戚家体验生活，从艰苦的生活条件中"触动"孩子学习的动机；多给孩子讲一讲自己在挫折和艰难困苦面前是怎样面对的，又是怎样战胜困难、超越挫折的等等。

家长一定要相信：在高考面前，孩子肯定是想取得好成绩的，只不过一些原因或习惯影响了他们努力的行为。所以，家长所能做的，就是鼓励和欣赏孩子的努力。

5. 孩子盲目自信，家长应该怎么办？

有些孩子自我感觉良好，总认为自己能力不错，考试前踌躇满志，信心满满，可是考试成绩一出来就傻了眼。

针对孩子的这种情况，我们的观点是孩子自我感觉良好是一件好事，说明他对自己充满信心，这有助于家长的引导，家长对孩子的这一特点千万不要一味地打压和批评。至于考试结果不理想，这可能与孩子的某些能力有关，比如考试的技巧等，还可能与平时孩子不够努力有关。一旦孩子在任何情况下都觉得自己"挺好的"，则走进了盲目自信的误区，家长的引导就非常必要了。

◎ 第一，帮助孩子正视自身的实力和位置

自信是建立在有自知之明之上的。一个人只有了解自己，了解对方之后才能够自信。没有任何一个成功人士，是靠着盲目的自信而成功的。

家长首先要对孩子的能力有正确、恰当的了解和评估，了解孩子的优点和优势，同时对孩子的劣势和要害也要有清醒的认识。在此基础之上，和孩子一起分析孩子的实力和位置，包括对高考的自我定位。

家长需要注意的是，一定要用孩子能够接受的方式和他交流，

把孩子当成同龄人，而且要就事论事，千万不要用责备、不满的语气，甚至为了达到更好的效果，家长不妨先放低自己的姿态，恭维或夸奖孩子一下，在孩子心里很受用的状态下，再进行理智客观的分析。

对孩子实力和位置的分析可以尽可能的全面详细，比如面对高考孩子具有的心态、学习的能力、考试的能力、勤奋程度、做事能否坚持不懈、在年级及区里的大概排名等，孩子对自己了解得越详尽，盲目的自信也就越行不通了。

高三考生家长总动员

◎ 第二，让孩子制订一个对高考的合理目标和计划

盲目往往源于没有目标，一旦有了目标，自信也就有了方向和标准。家长要监督孩子目标执行的情况，鼓励孩子勇敢地朝着目标努力。同时，可以为目标制订一个可行的计划，将若干天之后的高考倒推到眼前，以此增强孩子的紧迫感和行为的自觉性。

◎ 第三，家长要恰如其分地将表扬与批评相结合

自信是一种自我意识，是对自己能力实际水平的正确估计。经常高于实际水平的虚夸表扬会导致孩子的自负，经常贬低和否认则会导致孩子的自卑。家长常常因为担心孩子不高兴而一味宠着孩子，或者担心孩子骄傲自满而一味打击孩子，这都是不正确的教育方式。实际上，孩子做对了应该表扬，做错了应该批评，两者相结合，才能帮助孩子准确定位自信的坐标。

家长一定要注意：表扬要具体、求实；批评要就事论事，在批评之后提出建设性的意见，比如，可以告诉孩子你的建议。

◎ *第四，帮助孩子学会正确的归因*

归因是为自己的行为结果查找原因。大部分人都有一种自然倾向，成功的时候觉得自己的功劳大，失败的时候觉得别人的问题多。孩子的这种倾向更加明显。实际上，对于孩子来说，通常情况下，成功主要是他努力的结果，而失败主要是他不努力的结果。所以，家长要多引导孩子为自己的成败寻找内因和可控制的因素，例如不够努力、粗心大意等，而不总是归咎于外因，否则孩子会认为失败是自己不能控制的，因而觉得自卑无助，减弱了克服困难的自信心。

6. 孩子做事和学习总是不能坚持，缺乏毅力，家长可以做些什么帮助孩子？

孩子做事情没有毅力和耐心，不能坚持长久，是很多家长遇到的普遍性烦恼。尤其在高三，这个问题更应该引起家长的关注。孩子缺乏毅力的很大一部分原因，是因为他们在延迟满足方面能力比较欠缺。要么是因为从小家庭条件不错，物质满足无限制；要么是因为父母比较宠爱，有什么需要马上就能得到满足。等到他们长大之后，做事情便没有耐心、热情消失得也快。

从心理上说，毅力属于意志的范畴，作为意志的一种基本品质，毅力也是人们为着实现一定目的而去克服困难的心理过程及其行为表现。这里有两点应该明确：第一，毅力是在克服困难的心理过程中表现出来的；第二，克服困难又是为着实现一定的目的。明确了这两点，对于家长如何帮助孩子锻炼毅力很有好处。具体来讲，家长可以根据孩子的情况，参考以下一些建议：

◎ 第一，明确和强化孩子正确的动机

人们的行动都是受动机支配的，而动机的萌发则起源于需要的满足。什么也不需要或者说什么也不追求的人，几乎没有。家长一定要关注孩子对于学习和高考的需要，了解孩子为什么参加高考。伟大的目的产生伟大的毅力。孩子关于高考的正确动机应该来自于孩子自身内在的需要，比如为了实现个人人生价值，而不仅仅是父母的期望或其他的外力。一旦孩子意识到学习和高考是自己需要的事情，接下来为了高考坚持不懈的努力也就顺理成章了。

◎ 第二，帮助孩子制订明确的目标

在孩子具备正确动机的基础上，协助孩子制订高考的目标，目标既要明确，又要实事求是，还要符合孩子自身实力。不要说诸如此类空洞的话："我打算多进行一些体育锻炼"，或"我计划多读一点书"。而应该具体、明确地表示："我打算每天早晨步行 45 分钟"，或"我计划一周中一、三、五的晚上读一个小时的书"。

许多孩子学习过程中之所以半途而废，有一个很重要的因素，就是父母、老师给他们出的题目太难，定的目标太高。孩子即使尽了全力也无法顺利完成，这会一再打击孩子的自信心。失去了自信心，孩子又怎能坚持学习、毫不懈怠呢？所以，父母要根据孩子的

基础和实力，和孩子一起来制订略高于目前状态的目标，这样对于提高孩子的自信，激励他不断坚持下去都会有所帮助。

◎ 第三，帮助孩子制订个人发展规划或计划

规划和目标密切相关，或者说，规划即是对目标的执行。在有了明确目标的基础之上，让孩子规划接下来的时间要为目标的实现做些什么，时间开始可以短一些，比如一个星期，慢慢拉长到一个月，三个月，半年，一年。这样一来，孩子的自我管理能力就会逐步提高，做事情的毅力也就相应提高了。

◎ 第四，监督、引导、鼓励孩子学习

人都是有惰性的，孩子更是如此。在学习的过程中，免不了因偷懒而停下来，或者在学习过程中遇到解决不了的问题而沮丧、颓废，以致放弃。因此，家长应该在孩子学习的过程中扮演监督的角色，并适时给予指导与鼓励（鼓励为主），帮助孩子克服软弱、惰性，增强他的信心，保持学习的连续性。长期坚持下去，孩子就会养成持之以恒的习惯，也就不会半途而废了。

有一个方法不妨让孩子试试：每天晚上上床之前检查一下自己当天的计划完成情况，如果完成了当天的计划，就给自己一个奖励——或精神上的（如自我夸奖）或物质上的；如果没有完成当天的计划，首先要多问自己几个为什么，是计划不切实际还是没有按计划去做，属于不切实际就要进行修正，属于没有按计划行事就要对自己进行检讨或惩罚（比如剥夺自己最喜欢做的事，或惩罚自己第二天将笔记抄写三遍等）。这种做法久而久之就会形成习惯。

◎ **第五，如果可能，可以让孩子与某个学习认真踏实、按部就班的同学结成对子**

这样既可以让同学来监督孩子的计划落实情况，又可以跟着别人习得良好的行为习惯。

◎ **第六，和孩子一起每天坚持锻炼身体**

家长可以每天抽出半小时左右的时间陪孩子一起跑步、打球或进行其他的锻炼，体育锻炼对孩子在高三一年紧张的学习生活中保持保持良好的身体状态和健康向上的精神面貌是非常有利的，更是一种有效的磨炼意志力的方法，但关键也在坚持。

7. 孩子太关注服饰发型，家长担心这样会分散精力，应该怎么办？

这个问题，我想也可以和"临近高考，孩子却谈起了恋爱"、"高三学习那么紧张，孩子却频频玩起了电脑游戏"等放在一起来和家长做一个探讨。虽然孩子的具体表现不同，但我想孩子这些行为背后反映的问题以及家长的担心是一致的。

下面我们先来具体分析一下为什么孩子在紧张、高压的高三阶段会如此关注服饰发型、会在这紧要关头谈起了恋爱或者玩起了游戏，孩子难道不知道这样会耽误学习吗？他们对自己的行为就没有一个正确的判断吗？其实高三的学生道理都已经懂了，相对来说对自己的行为也有了更强的控制和约束能力了，但孩子仍然会有这样的表现，可能有以下几个原因：

（1）缓解或消除高考的压力。进入高三，尤其是越临近高考，孩子的压力就会越大，他们会采用各种各样的方式去释放压力，找朋友倾诉、运动、写日记等都是比较好的方式，当然，也会有孩子用关注自我外在形象、谈恋爱、打游戏这样转移注意力的方式来减压。

（2）在高考面前出现了"畏难"的想法，用这样的方式来逃避高考的压力。如果孩子感到学习困难，对高考没有了信心，但又得不到有效的帮助，他们就可能会采取逃避的方式。同时这种逃避又似乎可以为最后的失败找一个"合理"的理由：不是我学不会，我只是没认真学而已。

（3）没有进入高三状态，没有从认识和行为上重视起来。如果孩子缺乏高考的动力，或者高考对他来说无所谓，那么在行为上他就会出现与高三生活不符的表现，把过多的精力放在了与学习无关的事情上。

分析完原因，我想聪明的家长们肯定在想自己的孩子是属于哪种情况了，非常好！教育有效的一个重要原则就是因材施教，只有对症下药才会解决问题。所以针对孩子不同的原因，家长要采取相应的应对策略，下面就对应不同的原因给家长提供一些相应的建议。

◎ **第一，理解孩子，给孩子支持，帮助孩子减压**

孩子出现了以上行为，家长的理解是非常重要的，家长的理解本身也是给孩子减压的一种有力方式。从积极方面考虑，孩子关注自我形象、与异性交往、打打游戏既减轻了压力，又从对自我形象的满意、来自异性的欣赏等方面获得了更多的能力，增强了自我肯定和自我接纳，这些对孩子的学习和考试来说都是有利因素。

当然，家长需要关注孩子对这些行为"度"的把握，太过了肯定适得其反。其实这也是很多家长的担心，所以家长要留意孩子这些行为的结果如何，如果孩子关注完自己的服饰发型后能以更集中的精力投入学习，说明孩子减压有效，不然的话，家长就要善意地提醒孩子，和孩子一起来制订更适合孩子的减压方式。

◎ 第二，鼓励孩子，有效地帮助孩子

在孩子出现"畏难"情绪和行为时，家长的鼓励和帮助是孩子最需要的。首先家长要敏锐地捕捉孩子的"畏难"情绪，分析孩子是不是在逃避。一般来讲，孩子在"畏难"时，是非常容易逃避的，所以家长要及时去鼓励孩子，告诉孩子，"出现困难是很正常的，正因为有困难才需要学习和努力"，引导孩子将注意力放在如何去努力和提高上。

另外，家长要根据孩子遇到的学习困难，通过老师了解具体情况，结合老师的建议，并征求孩子的意见，最终决定某种对孩子有效的方式，让孩子积极投入到学习中去。

◎ 第三，引导孩子，强化孩子的学习动力

家长要告诉孩子高三的重要性，引导孩子树立高考的目标，刺激孩子高考的需要，让孩子意识到高考是他自己的事情，努力去为

高考准备就是为自己的人生负责。千万不要让孩子感觉即使考不上大学或不考大学照样前途无忧，即不要给孩子留后路。

8. 孩子经常给自己找很多学习上的竞争对手，时刻让自己处于紧张状态，家长怎样帮助孩子更好地认识自己、接纳自己？

孩子经常给自己找学习的竞争对手，说明孩子的个性是比较好强的，也说明孩子有上进心，不认输，可以说是促进学习的良好动力。但任何事情都有两面性，尤其是需要把握好度，如果孩子时刻让自己处于紧张状态，这种比较给他自己带来的更多的就是压力和焦虑了，比较也就有些盲目了。一旦孩子感受到了更多来自于和别人比较的压力，变得紧张和焦躁不安时，孩子对自我的肯定和信心也就受到了影响，家长就有必要引导孩子正确认识自己、接纳自己了。

◎ 帮助孩子清点自己的积极因素和优势

孩子在和别人攀比中感受到紧张时，往往意识到的是自己的缺点和不足，而忽略自己身上的积极因素和优势，这时候，家长要提醒孩子忽略的部分，和孩子一起列出自己的优势，尤其是和学习能力有关的优势，列举得越详细越好。如：

我的计算速度比较快；

我的悟性高，擅长做理解类题目；

我会合理安排时间，考试时不易慌乱；

我比较细心，很少丢马虎分；

……

为了让这些积极的信心占据孩子的大脑，还可以让孩子每天站在镜子面前、清清嗓子、富有表情地大声朗读所列信息，这样可以强化孩子对自我的肯定与接纳。

◎ 引导孩子正确看待和别人的攀比

攀比不是不可以，但是切忌盲目和过度。我不赞成告诉孩子不要攀比，事实上在高三同学之间没有攀比或者没有竞争是不可能的，攀比和竞争本身就有其积极意义。

我认为，家长应该把攀比的目的和意义告诉孩子，要让孩子明白"十根指头有长短，每一个人都有自己的优势与劣势"，给自己找竞争对手是为了让自己进步，而进步不只是为了与人比较，更重要的是为了增加自己的知识与才能。

家长同时要提醒孩子如何去识别过度攀比，即感觉到过于紧张、害怕失败、否定自己时，就要停下来进行反思了。

另外，家长还需关注孩子选择的竞争对手是否和孩子的差异太大，比如，孩子的成绩在班里处于中等水平，但选择的竞争对手总是班里的前五名，这样的比较肯定会给孩子带来挫败感。所以家长要引导孩子，攀比要切合实际，选择竞争对手时可以选择前五名，但有一个过程，开始可以找前二十名的同学，目标实现后，再慢慢选择更高的目标。

◎ 让孩子合理看待学习的进退和暂时的考试失利

家长要告诉孩子：到了高三，学习上的进退是必然的事情。毕竟每位同学都在努力，班级中不可能出现所有同学都前进的大团圆。当同学超越了自己，不要盲目否定自己，而是要客观地分析得失的原因。考试中是否自己状态不佳，是否通过考试检测出某部分知识点存在较大的漏洞，是否能从超越自己的同学身上吸取一些可取之处？其实，在高三的所有考试中，唯有最后的"高考"才真正与自己的未来息息相关，而在此之前学习和考试中暴露出来的所有问题，都是值得庆幸的，毕竟我们又得到了一次提升的机会。

◎ 让孩子更多地采用纵向比较，即和自己比

一位瑜伽教练经常对他的学员说："不要看别人做到什么程度，只要做到自己的极限就好。同样一个练习柔韧性的动作，有人做了没事，有人做了就可能拉伤。所以千万不要跟别人比，只要自己有效刺激到位就好了。"同样的，家长也可以告诉孩子自己和自己比，即用自己的"今天"与"昨天"比，"现在"与"过去"比，只要是整体的趋势是向上的就好了。因为客观来讲，衡量孩子高考成功与否的标准，是看他能否考上与自己学习、考试能力相匹配的学校，每个孩子高考的目标学校是不同的，从这个角度来说，孩子和自己的纵向比较对孩子的帮助更大。而且通过这样的比较，让孩子切实看到自己的进步，孩子也就能更好地接纳自己，自信心也从而增强了。

记得看过这样的一段话，大意是：我从小就有一个敌人，那就是"邻居家的孩子"。小时候练钢琴，妈妈说："你看邻居家的孩子多认真，你怎么就不能认真点"；小学学奥数，爸爸说："你看邻居家的孩子学得多好，你要像他那样就好了"；中学……大学……

最后我想说的是，如果想让孩子不盲目和别人攀比竞争，家长一定首先不要随意把自己的孩子和别的孩子进行比较，更不要让孩子感觉父母认为自己不如别人优秀。

9. 孩子复习中坚持不下去，想放弃，家长该怎么鼓励和帮助孩子？

其实在离高考越来越近的时候，不少考生都会或多或少地表现出懒散，提不起劲来学习，对着书发呆，有的同学甚至干脆逃课去打球的现象，总之一句话就是没心思学习，感觉没几天高考了，再怎么学也就那样了。其实这是高考之前担心、烦躁、恐慌、无奈等焦虑情绪控制之下的正常表现，是人在精神压力之下出现的大脑"读写保护"状态。

对于孩子的这种行为，家长要先表示理解，放松自己的心态，即使心里着急，也不能表现出来，家人一定要保证愉快的情绪，否则会加重孩子的焦虑；其次家长要反思是否对孩子的期望过高，或者过多地在家里谈论高考，无形中加剧了孩子的压力，如果是的话，那就及时调整自己的行为，

不要过多地过问孩子的学习或复习情况。在做到以上两点的

基础之上，家长可以尽可能地去鼓励孩子，建立良好的家庭支持系统。

◎ 心平气和地与孩子交流和沟通，帮助孩子分析出现这种状态的原因

虽然孩子行为上想放弃，其实内心是充满了焦虑和冲突的。通过交流和家长的分析，孩子可以了解这是一种正常的表现，别人也会出现这样的情况，自己内心的压力和由此带来的焦虑就会得到缓解，行为上自然就会变得积极起来。

◎ 告诉孩子保持平常心最重要

可以对孩子这样说，"不要过分考虑为考某校、考多少分而拼命学习"，只要做到"只管耕耘，不问收获"，以平常心来对待当前的课程复习就好了。

◎ 让孩子制订一个适合于自己特点的复习计划，根据自己的特点和实际情况来进行复习

告诉孩子"不要去管别人在看什么书、做什么题、学习到了几点、成绩考到了什么位置"等等，要保持自我、把握自己，按自己的目标走。这是因为每个人的需要不同、目标不同，进步发展的曲线也是不同的，只有孩子自己最了解自己的情况，所以保持自我是非常重要的。这个计划既包括每天的作息时间，也包括跟随老师复习的进度，然后按部就班，以恒心和毅力每天坚持不懈地完成计划，一旦这样坚持下来就会换来意想不到的结果。

◎ **出现"想放弃"的情况后，不要恐慌和焦虑，不要刻意去极力阻止或对抗，要允许和任凭它出现与存在**

以这种不怕不理不主动克制的态度去对待，这样就会在不知不觉中把注意力集中到学习之上去。

◎ **陪孩子一起进行体育锻炼或其他放松活动，并保证适度的睡眠**

家长争取每天陪孩子进行至少30分钟的体育锻炼，告诉孩子课间以及每学习40分钟进行10分钟的身体活动，这样可以改善大脑长时间学习的缺氧状态，还可以消除一些郁闷和烦躁心理，进而达到提高学习效率的目的。

家长也可以提醒孩子听听轻音乐，看看电视里轻松的节目，或者进行其他可以让孩子放松的方式，比如和同学聊聊天、做点对抗的运动等。

家长还要注意，让孩子每天要保证七个小时以上的睡眠时间，适度的休息对集中孩子的注意力、维持心理的平和状态也是很重要的。

人际关系篇

任艳红　编写

1. 高三孩子谈恋爱，家长怎么办？

孩子在高三谈恋爱是让家长头疼的难题，有些家长会采取围追堵截的方法，表面来看似乎有效，实际上适得其反，有些家长意识到"疏"和"导"才能治理孩子的"情感洪水"，尝试将"爱情"变成推动孩子成绩提高的动力，但具体怎样做，又成了难题。面对这样的困扰，家长不妨采取以下建议：

◎ 第一，家长应该先调整自己的心态和认知，面对孩子恋爱要冷静

高中生本来就处于青春期，对异性产生好感甚至爱慕都是非常正常的心理。加上面临高考的孩子每天作业量超多，学习时间超长，心理压力超大，这种情况下容易使人产生厌倦、烦恼和郁闷情绪，这种情绪上来之后就很难静下心来学习，此时的孩子们更需要精神力量的支持。相对于家长和老师的关心，同龄人的支持和理解更能激发他们精神上的动力。一般同学之情不能满足他们强烈的情感需要，高三的关键时期又不好意思占用普通朋友太多的学习时间。最能给予他们情感满足的是恋爱，恋爱中的两个人能够分享学习生活中的点点滴滴、能够相互鼓励彼此分担。所以家长不妨从积极的角度来考虑问题，恋爱不仅满足青春期的孩子与异性交往的需求，而且为孩子即将来临的高考减了压，有了异性朋友的关心和鼓励，孩子就会获得积极的情绪和情感体验，心理上也就会更愉悦、快乐和

幸福，学习起来也会情绪高涨、信心倍增。从积极的角度来看，家长就可以用冷静的态度来面对和处理孩子的恋爱问题了。

◎ **第二，转化孩子行为，不同情况不同处理**

（1）对于并不是高三才谈恋爱并且懂事的孩子，可以根据以往他们是否影响了成绩来确定管还是不管以及怎样管。如果他们比较有自制力关系也比较稳定，可以不管或者向他们提出建议——建议两个孩子为避免相互影响暂时把感情冷藏一段时间，先好好迎接高考，高考之后再在一起。一定要跟孩子说这仅仅是一个建议，最后由两个孩子共同决定如何做。很多时候，孩子会同意先高考再谈感情的。如果两个孩子自信不会受影响，相反还能促进彼此的学习，那么尊重孩子的选择，根据孩子的实际表现来决定是否要干涉他们的恋爱关系。

（2）对于高三才开始谈恋爱彼此关系并不是很稳定的孩子，家长就有必要和孩子进行沟通，帮孩子更加理性地处理感情问题。在沟通的时候要用一种朋友式的对话和孩子平等讨论。这时候可采用"沟通五步走"的方式：

① 跟孩子沟通的时候要淡化"早恋"这个概念，不给孩子的感情扣帽子。指手画脚盲目指责只会扩大与孩子之间的心理距离，结果令孩子越陷越深，不能自拔。明智的做法是对孩子的行为表示理解和尊重。当你说你欣赏这样美丽单纯的情感，认为孩子没有做错什么，孩子会为你骄傲，他会庆幸自己的爸爸妈妈不是那么封建保守蛮不讲理，你们不知不觉就站在了同一立场上来讨论问题了。

② 分享自己的感受，表现接纳的态度。获得父母理解和尊重的孩子自然就卸下了心理防卫。这时候家长可以跟孩子探讨如下问题，

对方什么特点让他心动——无论孩子怎样回答，都肯定孩子的眼光；和对方在一起的时候有怎样的感受——无论孩子如何描述，都表现的和孩子一样珍惜这样的感受；和对方交往对自己有什么帮助——无论孩子从哪个方面阐述，都要把结论归结到对孩子的终身发展上。分享完自己的感受要向孩子表明自己接纳的态度：感情是你自己的事情，相信你会处理好。

③ 同时坦白自己的担心，给出自己的建议。表明接纳的态度之后向孩子坦白自己的担心，例如可以和孩子这样说："高三是挺关键的特殊时期，我尊重你的个人感情，但是作为家长我担心你们彼此挂念着对方而不能静下心来学习，担心两个人经常在一起而减少了应该学习的时间，担心你们相处过程中偶尔的摩擦会让彼此情绪不稳定，从而造成学习状态的不稳定，我不知道你是否能够处理好你的感情和高考的关系。同时也希望你能减少花在恋爱上的时间，或者让爱情暂时回归友情，把对方当成好朋友互相倾诉烦恼与压力，相互鼓励，而不是因为恋爱关系给对方增添烦恼，等高考结束再重回爱情。当然这只是我的建议，最后由你来决定如何处理。"

④ 给孩子自己思考的时间和空间。在与孩子充分沟通，相信孩子已经明白家长的心意后，要给孩子自己思考的时间和空间。对于家长的信任孩子会心生感动并站在理智的角度考虑自己的情感问题。这时候家长一定不能步步紧逼，如此孩子产生逆反，之前的努力就白费了。要相信孩子会做出最佳的权衡决定。无论孩子如何处理，都调整心态，接受事实，尊重孩子的决定。

⑤ 经常沟通，不忘鼓励。当你将自己的态度和期望传达给孩子，孩子也会用努力奋斗来回报你的尊重和理解。不过孩子毕竟是孩子，处理感情问题有时是不理智的。所以接下来要经常和孩子沟

通，了解孩子在学校的经历、感受，细心观察孩子每天的行为、情绪变化，一旦发现异常，不要有不满和焦急的情绪，心平气和地及时询问原因，并给孩子处理问题的建议。在经常沟通的同时，要肯定孩子每一个细小的成绩，不仅仅是学习成绩，也包括生活习惯上的改变，等等。通过传递对孩子的欣赏来帮助孩子树立信心，坚持到底。

（3）对于两个孩子在一起更多的是共同学习的情况，家长可以不予干涉，采取发现问题及时提醒和建议的处理方式。

（4）如果两个孩子在一起共同玩耍娱乐的成分居多的话，就要采用上面提到的"沟通五步走"的方式来引导孩子理性处理自己感情问题了。如果对方成绩优异，可要求自己的孩子多向对方学习，共同努力，考上同一所大学以便两个人能长久稳定地在一起；如果对方成绩较差而又贪玩的话，家长在沟通的时候要表明自己的态度，不赞同他们在关键的时期在一起，并基于为孩子着想的目的帮他分析利弊，最后请孩子决定如何做。

◎ 第三，孩子谈恋爱了家长绝不能做的事情

拆看孩子的信件；偷偷查看日记、手机、网上聊天记录、网上个人空间和博客；监听电话；见到孩子的异性朋友就问这问那；拳脚相加；控制孩子的人身自由等等。

◎ 第四，要想让孩子尽量避免在高三关键时期谈恋爱家长可以做的事情

家长要给孩子足够的关心，多与孩子交流，倾听孩子在学习中

感受到的快乐、痛苦、迷茫、压力、痛苦等等，并适当的给孩子以
理解、建议和鼓励。

总之，家长在面对孩子恋爱问题上，要用对孩子最大的尊重来
换取孩子对家长的理解，家长孩子形成合力为高考加分。

2. 孩子跟好朋友闹别扭怎么办?

第一，家长要帮助孩子调整好情绪，让孩子能够冷静下来理性
地思考问题。

第二，当孩子能心平气和面对问题的时候，询问孩子愿不愿意
和家长谈谈和好朋友之间发生的事情。如果孩子不愿意谈，那么给
孩子自己思考的时间和空间；如果孩子愿意，则在听完事情的经过
之后跟孩子分享自己作为第三者的客观看法，即分析双方各存在哪
些问题、双方做法的可能理由是什么等等，通过和孩子讨论的方式
让孩子更加清楚整件事情的脉络和关键点。

第三，向孩子讲明高三特殊时期的特殊情绪。进入高三的学
生，可能原本活泼的人变得不爱说话，不爱跟身边的同学、老师
和家长交流，精神状态开始变差，表现出一种"压抑心理"，这
是高三学生普遍存在的"高三现象"，每个高三学生或多或少都
会出现这样的情况，此时可能会出现性格比较孤僻，封闭不合
群，感到外部压力大而情绪低落，和同学老师的交往缺乏自信，
同时又多疑敏感，容易被激怒，因为一点小事而与同学大吵大
闹，甚至一言不合就拳脚相向，等等。要让孩子反思，自己或者

好朋友是不是也属于这种情况。然后向孩子表明自己的态度：如果两方或者某一方是处于这种情况的话，作为好朋友应该相互包容才是，如果因为高三阶段不好控制的特殊情绪而放弃得来不易的深厚友谊有些得不偿失。

第四，当确定孩子对矛盾冲突有透彻的分析也明白高三特殊时期的特殊情绪后，让孩子自己决定接下来要不要继续保持和好朋友的友谊，家长可以给出自己的意见，但是决定权在孩子。如果孩子觉得不愿意或无法解决矛盾，那么家长应帮助孩子调整失去友谊的失落感，给孩子更多的关心和陪伴，并鼓励孩子主动和其他人交往以结交新的好朋友；如果孩子决定主动找好朋友和解，那么家长可以和孩子一起探讨和解的具体做法，做孩子解决问题的全程指导顾问。

第五，在事情解决过程中或者孩子独立解决问题后，可邀请孩子的好朋友来家里或去合适的地点，给孩子和好朋友制造解决问题和更好相处的机会，家长做孩子和好朋友的粘合剂。

3. 孩子受同学排挤，或被同学孤立，家长该怎么办？

◎ **第一，家长要引导孩子来评估自己受同学排挤或被同学孤立的情况是否属实**

有些自卑的孩子经常感受到别人看不起自己，觉得自己不如别人因而缺乏交朋友的勇气和信心，过分看重他人对自己的评价，对人际关系的变化非常敏感，和同学的关系稍微有些变化就会感觉到同学不喜欢自己，被同学孤立了，但实际上并不是真正的被同学排挤或孤立，这种情况下家长要鼓励孩子战胜交往中的自卑，正确地和同学比较，要引导孩子看到自己身上的优点，接受自己的缺点，不必过分在意和看重同学对自己的评价，要不断地在各方面提高自己，这样在减轻担心和害怕的同时，也可以减轻孩子交往的负担。另外，如果孩子是猜疑心比较强，他往往先在主观上假定同学都排挤或孤立自己，然后把许多毫无联系的现象通过自己的主观想象扯在一起来证明自己的看法，在和同学交往中常常感到别人在议论自己，对同学们的言行非常敏感，从而陷入痛苦和焦虑。这也不是真正受同学排挤或孤立的情况，这时候家长要引导孩子有理智的头脑，引导孩子反思自己为什么要这样想？证据何在？也鼓励孩子通过适当的方式和自己猜疑的同学们进行开诚布公的交谈，用良好的沟通来克服猜疑，另外让孩子增强自信也能够消除猜疑。当然，如果家长和孩子一起评估的结果就是受到同学的排挤或孤立，那么就需要进一步的处理了。

◎ **第二，面对孩子受同学排挤或孤立的情况，家长不能把事情揽到自己身上，要挺身帮助孩子处理他的交往问题，去学校找老师或者找班里的学生**

　　首先家长要帮助孩子来调整自己的心态，告诉孩子一方面现在的困境是对他心智的磨炼和意志品质的考验，走过这段困境对于未来面对更复杂的人际关系是一笔财富，另一方面被同学排挤、孤立既是挑战，也是机会，如果孩子能变压力为动力提高完善自己，那么这件事情就是好事情而不是坏事情。

◎ **第三，处理这个问题的主要方式就是反省自我，提高自我，坚持自我，以德报怨**

　　告诉孩子不要用冷漠和敌意对待排挤、孤立自己的同学，那样只会进一步把对方推倒自己的对立面，相反的，要在反省自身问题从而提高自己的基础上做到以德报怨，以温和友好来对待同学的排斥与孤立，时刻问自己："我做了让同学高兴的事情了吗？""我能为同学们做些什么有益的事情？"当孩子这样想这样做的时候，同学们就会逐渐感受到孩子的善意，就会感受到被喜欢被尊重的感觉，这样坚冰就会逐渐融化，孩子就会渐渐被同学认可和尊重，从而获得友谊。

◎ **第四，上面谈到的是孩子在处理被排挤或孤立时总的思路，同时针对孩子不同的情况要做更加具体的处理**

　　大概有以下三种情况：

　　（1）孩子自身存在问题

　　如果是孩子自身存在问题，比如孩子有些自我中心，只从自己的角度和立场看问题，只关心自己的兴趣和需要而忽视他人的感受，比如说话太直很伤人，比如心胸比较狭窄不能包容他人，比如非常情绪化是碰不得的火药桶等等，这自然让同学对他敬而远之，如果太过分的话会被所有人不喜欢，自然会落得被排挤、孤立的下场。面对这种情况家长要帮助孩子认识他自身的缺点，在改正孩子缺点的基础上来改善孩子的人际关系。

　　（2）孩子因自身表现突出如学习成绩好、受老师重视、某方面

有特长等受到同学的嫉妒而被排挤或孤立

这时家长要引导孩子反思是不是自己在某方面表现突出而过于张扬了？或者自身有其他比较明显的缺点让同学们不能接受，如果是自身有些问题要加以改正从而赢得良好的人际关系。如果孩子在各方面没有明显不能接受的缺点，那么要让孩子清楚一点，在这种情况下并不是所有的同学都嫉妒自己，大多数情况下应该是几个人嫉妒自己进而找理由联合更多的人来排挤或孤立自己，那么要本着"清者自清"的原则，当别人排挤孤立自己时，要相信自己是优秀的，告诉孩子虽然不能左右别人如何对自己，但可以掌控自己的心态、情感和行为，让孩子把关注点放在自己的学习和个性发展上，坚持优点，改正缺点，同时积极主动与同学交往、沟通，以真诚、信任、尊重的心态和行为对待同学，设身处地为他人着想，对他人的缺点多加理解和包容，久而久之大多数同学就会看到事实并不像少数几个人歪曲的那样，孩子身边自然会有支持者。

（3）孩子因成绩落后、某方面表现糟糕等原因被同学排挤或孤立

如果孩子的状况暂时不理想而被排挤或孤立，那么要引导孩子首先调整好自己的心态，将同学排挤孤立自己变成改变自己的动力，通过不断努力提高自己，让自己摆脱不如意的糟糕状态，用一种自强的精神来赢得同学对自己的肯定和欣赏。当然在这个过程中，也要真诚主动，热心助人，多与同学交往，让同学有更多的机会了解自己身上的其他优点，从而改变同学对自己的糟糕印象。

4. 孩子不喜欢某位老师，和老师发生误会，甚至不爱学这门功课，家长该怎么办？

首先，家长自己要有这样的认识，无论孩子的老师用哪种方式教育自己的孩子，他们和家长的目的是一致的，都希望孩子能有一个好的发展和前途。只有基于这样的认识，家长才能帮助孩子处理好与老师之间的关系。绝不能出现为了缓和孩子的负面情绪，家长和孩子一起批评老师挑剔老师的情况，因为孩子听多了会对老师的敬意逐渐减少，这种做法无形中会给孩子传达负面的信息，等于间接告诉孩子老师不好，所以你可以不听老师教诲，这样的话孩子怎么能虚心学习呢？

其次，家长要跟孩子讲明与老师关系不佳产生的后果：与老师关系不好，孩子学习的心情和积极性会受到影响；影响老师对孩子的印象，进而可能导致老师在学习上点拨其他孩子多于自己的孩子，孩子间接少了应该享受的教学资源；大多数高三的老师教学经验都非常丰富，精通所教学科，缺少老师的关注仅仅靠自己学习很容易在高三的各种考试中受打击进而影响对高考的自信心。

再次，家长要和孩子一起理解老师的辛苦。在我国目前的教育环境里，中小学基本上是一切围绕着分数转——平常奖金、荣誉与分数、名次挂钩，毕业班奖金、荣誉与升学率、重点录取率挂钩，等等。老师在分数的高压之下，对学生实施"胡萝卜加大棒"、软硬兼施的策略是正常现象，如果孩子的表现差强人意或者与老师发生误会的话，老师会进行重点关注严格管教，可能会出现某些方式方法不当或偶尔的小失误，但老师所有的教育都没有恶意，相反的是对孩子另一种意义上的"爱"的表现。

第四，在处理和老师的关系上家长要向孩子传递这样的观念：你可以不喜欢老师，但要听老师的话，老师布置的任务尤其是学习任务要保质保量完成。孩子不喜欢老师常常是因为老师太过严厉、不习惯老师的教育方式，但是老师一般不会因为个别孩子的不适应而改变，作为家长要引导孩子积极适应老师。经验证明，这样的作法都有比较好的结果。当一个孩子事事与老师配合时，他会很快发现老师的很多优点，与老师的关系就缓和了，即使没转变对老师的看法，也不会对孩子的成绩造成多大影响。

189

第五，如果孩子还可以进一步接受引导，家长要建议孩子：

（1）尊重老师，尊重老师的劳动成果。

（2）勤学好问，经常主动虚心向老师求教。

（3）面对与老师意见不一致的情况做到换位思考，碰到老师偶尔的过失委婉地向老师提意见。

（4）抓住适当的机会找老师沟通学习方法、复习进度、人生规划、心理问题等，通过聊天谈心跟老师增进感情。

（5）家长多向孩子介绍老师的优点，也让孩子多发掘老师身上的优点，从而培养孩子对老师的认同感。

临考注意篇

任艳红　郑日昌　编写

备考部分

1. 孩子复习和高考期间，有哪些话家长不该说出口？

（1）"现在开始，你的任务就是高考，什么都不要你做，你只要好好复习就行了。"

家长为了高考，包办孩子的一切，让孩子成为学习的机器，如此细心的呵护无形中制造了紧张的气氛，增加了孩子的压力。

（2）"你一定要考上重点！"或"你一定要考上××大学！"

家长给孩子定了目标并以此来激励孩子，有时候目标是复习的动力，有的时候则会成为孩子复习的阻力——尤其当孩子复习状态不好的时候。

（3）"为了爸爸妈妈的辛苦，高考你一定要争气，一定要有出息。"

这样的话向孩子传递了一个信息——你要用好的高考成绩来回报父母的辛苦，否则就对不起父母的付出。孩子会因为担心考不好而愧对父母，这样孩子的心理负担就更重了。

（4）"模拟考试必须多少多少分，学校必须排多少多少名，你才有希望。"

将孩子每一次的模拟考试分数、排名和高考联系起来，使孩子在模拟考前有压力，模拟考后对照成绩和排名信心一点点丧失，孩子就不能安心复习，自信地迎接高考。

（5）"你们班××同学这次模拟考考了多少分？"

家长老拿班里同学和自己的孩子作比较，殊不知孩子很反感家长拿自己的成绩和别人比，最后得出自己不如别人的结论，这样会扰乱孩子的情绪，打击孩子的自信心。

（6）"我不相信你比××差。"

家长拿自己的孩子跟别人家的孩子比，不但给孩子增加压力，还会把自己孩子的自信心比掉，孩子反倒不能安心复习，更不能自信应考。

（7）"高考一定要考个好成绩，不要让我丢脸。"

孩子高考和学习成为了家长争得面子的工具，这会让孩子心里很不舒服，心理压力增加的同时还会产生逆反的心理。

（8）"好好准备，争取高考超常发挥。"

这样对孩子过高的期望，让孩子无所适从，他知道自己的真实水平是怎样的，平常的考试他发挥出自己的实际水平已经不错了，何况他还会发现每次考试都有马虎的情况，因此他没有信心在高考这么大型的考试中超水平发挥。家长这样说只能增加孩子的压力，很可能导致孩子发挥失常。

（9）"我们家的孩子模拟考试成绩回回都很棒，老师说这成绩考清华、北大都没有问题。"

这是不给孩子有任何退路的说法，一方面希望孩子考得至少不能比以前差，家长的希望让孩子必须成功；另一方面家长向周围的人夸口孩子一直考得很好，孩子也要用好的高考成绩向周围的人证明自己一直很好，双重的心理压力会让孩子喘不过气来。然而，模拟考的成绩仅仅代表孩子学得不错，并不代表高考一定考好，平时成绩好高考发挥失常的例子很多，过高的期望只会增加孩子的压力，影响孩子的临场发挥。

（10）"记住你的目标，成败在此一举。"

家长考前给孩子定了理想的大学目标，在孩子上考场前跟孩子说这样的话，无形中告诉孩子你只能成功，失败了就与理想的大学目标无缘了，有些把孩子逼入绝境的感觉，让目标成为了压在孩子心中的巨石。

（11）"检验你十二年读书成果的时刻来了，好好把握，争取最好的成绩。"

家长把高考作为检验孩子多年学习成果的唯一标准，一方面否定了孩子过去曾经取得的成绩，另一方面给孩子增加了巨大的心理压力，不能让孩子以良好的状态参加高考。其实，每个孩子都知道高考的重要性，他们也希望通过自己的努力，通过优异的高考成绩迈入理想大学从而开始新的人生。家长这样说，只会扰乱孩子的情绪，不能安心复习，也不能轻松走进考场。

（12）"放心吧，今年考不好没关系，明年再复读。"

很多家长认为这样说是在给孩子减压，但在孩子听来，这句话的意思是家长在高考前就对自己失去了信心，同样会打击孩子复习、应考的自信心。

2. 从孩子考前半个月开始，家长要做好哪些事？

通常情况下，孩子在高考前半个月就放假回家自主学习了，只有有问题的时候才到学校找老师答疑。那么在这段时间里，家长应该做的主要有几件事：第一，保证孩子的饮食营养健康，休息环境安静舒适，学习环境不受打扰；第二，采取各种措施确保孩子的身体健康；第三，帮助孩子把心态调整到最佳；第四，帮助孩子调整好生物钟；第五，提醒孩子执行合理的复习计划，不要再做难题和新的题目，以避免自信心受打击，回归教材，对知识查漏补缺；第六，适时适量地让孩子参加他喜欢的文体活动以调节情绪、消除疲劳，精神状态饱满地迎接高考；第七，调整睡眠，不再让孩子开夜车，让孩子在晚上10点到11点之间入睡；第八，不要计划高考以后的事情，避免孩子分心。在这里，重点说说调整心态和调整生物钟两个方面。

◎ 第一，帮助孩子把心态调整到最佳

在家开始个人复习后，不再有老师的辅导，要自行安排复习内容，从学校到家里，从集体到个人，学习环境和学习气氛都变了，孩子的心态也会有所改变。这个时候家长首先要相信自己的孩子有把握、有信心、有能力应付即将到来的高考，做到家长心态平和稳定，不要过多渲染考前紧张气氛。家长处理好自己的情绪后要根据

孩子的不同表现做不同的处理：

如果孩子在家里的最后时刻大搞疲劳战术不分昼夜地学习，经常开夜车，那么家长就要提醒孩子这样只会导致效率低下、身心俱疲，对高考只有坏处没有任何好处。此时家长要和孩子共同制订一个科学合理的复习计划，让孩子劳逸结合，保证孩子必要的休息时间，从而提高学习效率，做好最后的冲刺。

如果孩子的自制力比较差，家长要预防孩子做一些与复习无关的事情，要对孩子多加提醒，并帮助孩子制订合理的复习计划并督促孩子严格执行，以保证利用好最后的时间。

如果孩子学习上的自主性不是很强，没有了老师的辅导自己不知道如何是好，那么家长要和孩子一起制订科学合理的复习计划，订好计划后可以请老师提出建议，然后在孩子同意的条件下监督孩子实施复习计划。

如果孩子在最后的复习中心烦气躁、坐不住，对即将到来的考试比较紧张，学习效率不高，那么家长应该帮助孩子静下心来，不妨让孩子把担心的事情一一写下来，再帮助孩子仔细分析，让孩子看清自己忧虑的是什么。可能这时候孩子担心的核心问题是考不好怎么办。孩子担心考不好实际上是想考好，想通过这半个月的复习考得更好，或者希望能超常发挥，这时家长要让孩子明白，除了少数人，大多数人的高考成绩更多的是与模拟考试成绩相一致，想取得意外好成绩的想法除了给自己增添压力，越来越不能静心复习，进而导致高考失常外，没有其他结果。家长还要告诉孩子，高考并不是人生唯一的出路，只要尽自己最大的努力去考就可以了，没有必要过于看重最后的结果。缓解了孩子的紧张后，家长要帮助孩子制订合理的学习计划，让他按部就班、心无旁骛地专注于应考复习。

◎ 第二，帮孩子把生物钟调整到与高考一致

考生的生物钟与高考时间同步是取得最佳临场发挥的重要因素之一。这需要考生们在最后的半个月通过调整，让自己的内部生物活动节奏适应高考的考场时间要求。高考时间是上午9：00－11：30和下午15：00－17：00，家长要提醒考生在最后半个月每天上午8：40－11：40和下午14：40－17：10这段时间内安排自己坐在书桌前，除了看书、做题以外，什么事情都不要做，家长也不要在这段时间里打扰孩子，尽量保持安静，让孩子有一种身在考场的感觉。

（以上任艳红）

3. 考前一周饮食上该做哪些调整？

一位家长说："首先是营养问题。为了让儿子吃好，每天早晨他妈不到6点就起来做早点，下班一回家就准备晚饭，餐桌上每天都很丰盛。除了晚饭以外，再准备一顿夜宵。平时再给孩子多买点水果和能补脑的核桃、杏仁什么的。本来还想给儿子服点保健药品，但孩子不喜欢，也就算了。再就是保障儿子的健康，把他的台灯换成了保护眼睛的，还在他的屋里放了一台负离子生成器，净化空气嘛。"

案例二中的这位家长做得比较好，但是我们认为其中的不足就是突击式地、过分地关注孩子，如果平时就是这样安排的话也无妨，但如果在考前一周突然变成了这样，就会增加考生的高考压力。

健康是考试成功的基础，也是我们家长可以做得最多、最充分的工作。我们的原则还是尽量不要与原有的生活习惯大相径庭。

◎ 荤素搭配

很多家长在考前为孩子补充营养的办法就是拼命地给孩子吃好东西和让孩子吃东西，如大鱼大肉、每天早晨 4 个鸡蛋和 2 瓶牛奶什么的，其实吃得太多根本消化不了，一旦受凉反而容易拉肚子。

这段时间学生学习紧张、大脑疲劳、睡眠不好，容易影响食欲和身体健康，所以要注意膳食平衡，荤素合理搭配。饮食要营养一些、清淡一些，不要限制碳水化合物（糖分）的摄入，每天要保证有 400 克至 500 克的米或面等主食的摄入，不吃主食光吃肉，只能增加脂肪和蛋白质而不能补充必需的能量，对大脑并没有好处。不要太油腻，不要吃太多大鱼大肉，要以素菜为主。

荤菜方面，要注意蛋白质的摄入，多吃鱼、瘦肉和鸡鸭。但荤菜不能吃得太多。不喜欢吃肉的学生可多吃些豆腐、豆花、豆腐脑等豆制品，同样可以补充蛋白质。

在素菜方面，要选择新鲜的蔬菜和水果，如刚上市的桃、樱桃、草莓等，不要吃储存太久的水果，储存太久后许多营养成分被氧化了。每天的蔬菜摄入量大约在 400 克至 500 克左右。

特别注意不要吃零食，以免主餐时胃液分泌不足，从而导致消化不良。还要注意饮食卫生，要吃熟食，不要吃生、冷和凉拌菜，以免发生肠胃疾病。不要偏食、挑食、暴饮暴食。

◎ 让孩子专心吃饭

家长要注意不要在孩子吃饭的时候唠叨数落孩子，那样会影响孩子的消化，从而影响情绪和学习。另外，要提醒孩子：吃饭的时候不要看书、讨论题目，以保证对营养的吸收；吃饭时最好要细嚼慢咽，如果消化不好或拉肚子，就会影响考试状态了。

◎ 制订考前一周的食谱

炎炎夏日，还应注意及时补充身体需要的水分。要多吃一些粥、汤类食品，但应少喝带气的饮料，以免引起胃肠不适。考生应多吃西瓜等含水分较多的水果、蔬菜，考试期间晚上别喝太多的水。

下面是一份供参考的考前一周营养食谱，各位家长也可根据自己孩子的实际情况确定食谱。

星期一：早餐：馒头和草莓酱、牛奶（或豆奶）、荷包蛋1个、酱黄瓜；水果：夏橙（或白萝卜）1个。

中餐：荞麦大米饭、香菇菜心、糖醋带鱼、豆腐丝瓜汤。

晚餐：绿豆粥、白菜猪肉包子、虾皮冬瓜。

星期二：早餐：玉米窝头、牛奶（或豆奶）、卤五香盐茶蛋1个、豆腐乳（1/4块）；水果：枇杷（或长生果）3~4个。

中餐：花生米饭、肉末茄子、葱花土豆泥、鸭子海带汤。

晚餐：冬苋菜稀饭、豆沙包、菜椒榨菜肉丝。

星期三：早餐：鲜肉包、牛奶（或豆奶）、咸鸭蛋（半个）、素炒三丝（莴笋、白萝卜、胡萝卜）；水果：鸭梨1个（或西瓜1块）。

中餐：红枣米饭、黄豆烧牛肉、干煸四季豆、金针菇紫菜蛋汤。

晚餐：三鲜面块（猪肝、火腿肠、黑木耳、平菇）、清炒菠菜、青椒土豆丝。

星期四：早餐：苹果酱花卷、牛奶（或豆奶）、荷包蛋1个、炒泡豇豆；水果：香蕉（或黄瓜）1根。

中餐：黑米饭、香菇黄花黑木耳肉片、红椒炒黄瓜、白萝卜海带排骨汤。

晚餐：豆浆稀饭、葱花煎饼、菜椒芹菜肉丝。

星期五：早餐：酱肉包、牛奶（或豆奶）、素炒三丝（莴笋、白萝卜、胡萝卜）、鹌鹑蛋2个；水果：猕猴桃（或桃子）1~2个。

中餐：赤豆米饭、魔芋烧鸭、红椒炒花菜、鱼头香菇冬苋菜汤。

晚餐：芹菜猪肉包子、西红柿炒鸡蛋、肉末豆腐脑。

星期六：早餐：面包、牛奶（或豆奶）、煎鸡蛋1个、卤五香豆腐干；水果：草莓（或李子）5~6个。

中餐：米饭（大米、小米）、红烧鲫鱼、五彩银丝（黄豆芽、胡萝卜、莴笋）、鸡腿菇木耳菜猪肝汤。

晚餐：玉米粥、鸡蛋发糕、鱼香肉丝。

星期天：早餐：芝麻酱花卷、牛奶（或豆奶）、煮鸡蛋1个、豆豉凤尾鱼；水果：苹果（或萝卜）1个。

中餐：米饭、黑木耳笋子烧鸡、糖醋白菜、绿豆南瓜汤。

晚餐：韭菜猪肉饺子、蒜泥藤藤菜、肉末炒豇豆。

（以上郑日昌）

4. 孩子考前患得患失怎么办？

临近高考，孩子一方面下定决心要考上重点大学来证明自己，实现自己的理想，同时也报答父母的养育之恩；另一方面又怕自己考不好，不敢面对考不上理想大学的情形，因此产生焦虑情绪，无法安心学习。对此，家长要向孩子表明，只要全身心投入学习了，不管考得怎样，父母都会理解和接受的。家长也要让孩子明白，父母希望孩子有好的结果，但请孩子不要为了报答父母而增加应对高考的压力，淡化让孩子一定考上大学的想法，让孩子为了自己的人生目标和理想付出，只要尽力了就好。总之，想尽办法让孩子放下思想的包袱，缓解孩子的压力，提高孩子的复习效果。

5. 孩子考前自暴自弃怎么办？

临近高考了，孩子的知识水平和能力基本上已经定型，短时间内不可能有大的提高，孩子会产生无力感，复习动力下降，尤其成绩不理想的孩子可能会产生自暴自弃的心理，这时候家长要对孩子的学习情况有客观的评判，接纳孩子的现状，不向孩子提过高的期望，始终以支持的态度增强孩子的自信心。要做到：

首先，相信孩子，支持孩子，始终给孩子加油打气。考前对孩子多进行鼓励、肯定，不要批评、指责孩子，当孩子遇到考试失利的情况，多与孩子、老师沟通，帮助孩子找出失利的原因，帮助孩子尽快走出阴影，树立自信。

其次，尽量营造温馨、宽松的家庭氛围，绝对不要制造考前的紧张空气。家长该做什么就正常做什么，不要不惜代价让孩子吃好的、喝好的、穿好的，什么事情也不让孩子做，这只会让孩子透不过气来，产生很大的心理压力。

第三，多与孩子聊天，让孩子放松心情，不要老是对孩子说"你一定要考好"、"苦读十二年，就看这一考了"之类的话，这样会加重孩子的思想负担，家长唠叨多了还会让孩子产生逆反心理，更容易自暴自弃。

6. 孩子考前都会出现哪些异常现象？

孩子考前可能会有不同的反常现象，家长应该正确对待孩子考前的异常表现。

有的孩子可能在考前十几天开始老想睡觉，不想复习，碰到这种情况家长不必心急，孩子短时间内的懈怠，实际上是对紧张情绪的一种释放，只要不是持续性的，家长大可不必强加干涉，要有这样的认识：孩子已经努力很长时间了，不会因为两三天的懈怠影响成绩，给孩子释放的空间有利于下一步的复习和应考。

有的孩子可能出现不愿意去学校上课的现象。家长这时候要让孩子认识到，老师带领下的集体复习是最接近高考的，要尽量跟上老师的步骤。但是不能强迫孩子一定要天天到校上课，要和孩子沟通，是什么原因不愿意去学校。如果是老师复习的内容对孩子来说太简单或者太难，家长可以让孩子和老师一起来制订一个适合自己孩子的复习计划和进度，在老师同意的情况下自己在家复习；如果是孩子在学校的人际关系出了问题或者跟同学一起复习压力大、有点自暴自弃坚持不下去，家长就要帮助孩子调整好心态，正确处理人际关系或压力问题之后，鼓励孩子继续到校复习。

有的孩子可能会在几次的模拟考试中成绩起伏比较大，家长就应该对孩子的模拟考试成绩有个正确的态度。模拟考试是帮助孩子查漏补缺并及时找出补救的方法，难度也不一样，家长不能光凭着模拟考的绝对分数来评定自己的孩子复习得好与不好，甚至由此来断定孩子高考会如何如何。家长也要意识到，孩子成绩的退步也是正常的，要以平常心对待，不能成绩进步了喜上眉梢，退步了就愁眉苦脸。不妨每次考试之后，无论考得好坏，家长都帮着分析成功和不足之处各在哪里，应该在哪些知识点上进一步重点复习。这样才会真正帮助孩子提高复习效果。

总之，无论孩子出现哪种异常现象，家长都不要慌乱，不要不理解孩子甚至指责孩子，要以平常心对待，理性分析原因，找到切实有效的方法，帮助孩子走出困境。

7. 哪些考场疾病需要提前预防？

临近高考，孩子可能会身体突发不适，这时候家长不必紧张，对症下药即可。

（1）感冒

劳累、缺乏睡眠会使孩子的免疫力下降患上感冒，空调过冷，室内外温差增大，孩子长时间在开空调的房间学习也容易得感冒。要让孩子劳逸结合、不要在温差大的环境中学习和休息从而尽量避免感冒，万一孩子在高考期间得了感冒，在用药上要有所选择，不要随便吃点药了事，一定要请医生确定感冒类型后，对症下药。

（2）中暑

由于高热湿度过大的天气使孩子体内产生的热量不能及时散失，就容易出现中暑状况。预防中暑的方法就是保持空气流通，多喝水，穿宽松的衣服，万一孩子中暑了，除了采取离开热源移到阴凉通风处、及时散热等基本应急措施外，可以让孩子口服人丹、十滴水或藿香正气丸来解暑。

（3）头痛

感冒、高血压、用脑过度引起的血管痉挛都可能导致头疼，碰到这种情况一定要对症处理，时间、条件许可下遵照医生或药店专业人员的意见用药，自行用药可选用止痛效果较好的如镇痛片、撒利痛等复方制剂。

（4）胃痛

过多冷饮、不规则进食、进食过快都可能引起胃痛。孩子胃疼时尽量在医生或药店的专业人员建议下用药，自行用药可以服用颠茄片、胃舒平、乐得胃等。

（5）咳嗽

感冒、气管炎、哮喘等都可以引起咳嗽，要对症用药，可服用急支糖浆、川贝清肺糖浆、甘草片等。

（6）胃肠炎

胃肠炎常由不洁进食引起，症状有恶心、呕吐、腹泻，重者会出现低热。可服用黄连素、颠茄片等药物。

（7）痛经

一般在月经期间感到小腹及腰部微痛或不舒服，属正常现象，高考期间紧张劳累可能会让痛经加重，可让孩子服用阿司匹林或扑热息痛，或者把姜末剁碎冲到红糖水里让孩子喝，敷热水袋等缓解痛经。

很多家长会担心女儿经期不适会影响考试成绩，家长首先应该帮助孩子正确认识经期不适尤其是痛经这种生理现象。除了少数生理病理方面的因素，女生对月经来潮时轻度不适的过分紧张、恐惧甚至厌恶，是引起子宫肌肉收缩加剧继而引起疼痛的主要原因。痛经常常与情绪、身体状况、气候条件等有关。除少数有严重身心反应外，月经一般不至于影响学习。家长应该帮助孩子消除对月经的恐惧心理，告诉女儿不要害怕高考前后来月经，因为精神过于紧张会导致内分泌的紊乱反而躲不掉它，应尽量缓解自己的紧张情绪，顺其自然。碰上月经正常对待，保持心态平和，精神紧张害怕肚子痛，结果反而导致痛经。家长也要提醒孩子高考碰上经期要注意休息，保证充足的睡眠，注意经期饮食保养，不要吃冷饮，不要用凉水洗澡等等。

如果孩子月经不规则，每次月经症状又特别严重，为了不影响高考，可以在医生指导下提早适当调整经期。值得注意的是，很多女生会服用避孕药来控制月经，但这种使用药物调整月经周期的做法是不恰当的，对自身的身体、内分泌情况是不利的。

8. 如何安排考前最后一天的活动？

考前的最后一天，家长和孩子的心情都是很复杂的，安排好最后一天的活动，调整好最后一天的心态，将会让孩子以最佳的状态走入考场。在最后一天，家长要注意以下几点：

考前最后一天，孩子基本上没有多少时间进行深度的复习了，家长可以建议孩子根据自身的情况，粗翻教材，抓住各科知识主体框架（尤其是高考第一天的两科），特别关注一下平时出错比较多的知识点即可，不要再做新题，更不要再进行细致的复习了。

考前最后一天，家长和孩子都要放松心态，排除焦虑，稳定情绪。尽量谈些轻松愉快的话题，保证家庭气氛的和谐平静，防止突发事件给孩子带来的不利影响。在最后一天要保证孩子养精蓄锐，劳逸结合，避免剧烈运动，但要根据孩子的情况可以进行如到离家较近的公园等安静并安全的地方散步等活动。绝对不能让孩子开"夜车"，否则很可能使大脑处于抑制状态，不利于第二天的考场发挥。

家长要考虑孩子的喜好为孩子准备好宽松、透气、吸汗的衣服，尽量不穿焦躁的红色衣服和沉闷的黑色衣服。最好让孩子带一件外套，冷了穿上，热了脱掉。如果是新衣服最好事先穿过几次以保证衣服的舒适度。

考前的最后一天，一定要让孩子到考场实地考察一次，让孩子自己清楚如下问题：如何乘车，一般用多长时间，同时考虑高考期间人多出现交通堵塞的可能，以及高考期间局部地区的交通管制现象的出现，准备好一定数额的零钱，万一时间来不及可考虑乘出租车或向警察求助；知道考场所在的学校、楼层、教室和自己的座次；休息处、饮水处、厕所各在哪里；午餐问题如何解决等等。

做好考场必备文化用品的检查。要准备好准考证、身份证、黑色或蓝色钢笔或签字笔（使用钢笔一定要带墨水，有些要进行网上阅卷的地区要求只能用黑色签字笔，因此考生要根据自己考点的要求带相应的考试用笔）、削好的2B铅笔（从正规商店或超市购买，不要从路边小店购买以避免假冒伪劣产品）、使用过的擦拭效果较好的橡皮、根据不同考试科目要求带的直尺、圆规、三角板、半圆仪、指定型号的计算器等。还需要准备好手表、眼镜、面巾纸、适当的零用钱、带队班主任的手机号码等。以上物品集中放在透明的考试袋里放在孩子的书包里。临去考场前，家长和孩子可再一次一起检查孩子的书包里的各种物品，提醒孩子途中要包不离手，以免遗失造成不必要的恐慌。

考前所带物品表

所带物品	是否已经带了？	
带了备用铅笔吗？	是	否
铅笔两头都削好了吗？	是	否
橡皮带了吗？	是	否
带了备用钢笔或圆珠笔吗？	是	否
准考证带了吗？	是	否
风油精带了吗？	是	否

所带物品	是否已经带了？	
手表带了吗？	是	否
直尺带了吗？	是	否
饮用水、食物带了吗？	是	否
眼镜带了吗？	是	否
……		

高考日

9. 高考第一天怎样轻松度过？

◎ 按时起床按时吃饭

7日早晨，最好和平时一样的时间起床，如果考场离家比较远，那么就要早起以免耽误。早饭不要吃得太早，吃得太早上午考试过程中可能会饥饿，影响发挥，但也不要吃得太晚，吃得太晚，离考试时间太近，人为造成一种紧迫感，不利于考试的发挥。

◎ 微笑送孩子上考场

不说给孩子压力的话，如"检验你的时刻到了，好好把握"、"放轻松，考不好没关系，明年再复读"之类。家长可以说"加油"、"相信自己"等正向鼓励的话，或者做一些加油鼓劲儿的手势，或者直接给孩子一个拥抱，用正向言语和正向动作送孩子出家门或上考场。

◎ 每科考完绝不问孩子考得怎样

也提醒孩子考完一科忘掉一科，不想考完的那科答得怎样，也不要跟同学对题，如果有同学找自己对题，要婉言谢绝，这样使孩子的情绪稳定，保持良好心态迎接下一科的考试。孩子考完一科或者一天考试下来回到家迎接孩子的第一句话可以是："辛苦了，好好休息一下。"或者根据孩子的情绪状态，或幽默，或鼓励，或安慰，帮助孩子以良好的状态迎接下一科的考试。

◎ 有条件的话，让孩子睡个午觉，保持良好精力迎接下午的考试

上午考完之后稍稍休息，吃午饭，饭后稍稍活动活动，散散步或者听听音乐，之后可以进行午睡。建议从一点开始午睡，时间不宜过长，睡上三四十分钟即可。如果没有条件躺在床上午睡，也要提醒孩子找个安静的地方趴着小睡一会儿，以保证下午考试有充足的精力。

◎ 高考第一天晚上平静度过

建议孩子在 10 点到 11 点上床睡觉为好，睡前半小时可以听听安静的音乐放松，这段时间不要再看书或者想问题，保持平静。

10. 高考期间三餐需要注意什么？

高考期间的饮食要以清淡为主，要营养均衡，尤其要注意卫生，要避免因饮食不当造成孩子发烧、腹泻。

就三餐而言，早餐以清淡、易消化为主，这是一天中最重要的一餐，应当吃好，可选择含糖、碳水化合物和蛋白质较多的食物，如绿豆粥、馒头、包子、牛奶、鸡蛋等，条件允许的情况下还可以适当吃一些蔬菜和水果。中餐晚餐要保证营养均衡，主食充足——从粮食和谷物中摄取葡萄糖来保证葡萄糖供应，维持大脑兴奋，吃一些粗、杂粮摄取维生素 B 和膳食纤维，在促进食欲的同时帮助大脑利用血糖产生能量使大脑更好工作；荤素搭配——从鱼虾、瘦肉、鸡蛋、牛奶、豆腐、豆浆等食物中摄取蛋白质、钙、铁、各类维生素；适量摄取脂肪——如从奶类、蛋类、动物肝脏、瘦肉、花生、芝麻、核桃等食物中摄取大脑记忆功能和活动所必需的磷脂和胆固醇以增强记忆力；营养全面——吃一些新鲜蔬菜和水果来摄取维生素 C 和膳食纤维从而促进铁的吸收和脑组织对氧的利用，帮助消化，增强食欲。要注意，中餐晚餐只要七八成饱，这样避免消化道负担加重分流体内体液，以保证大脑有足够的血液供应。如果需要夜宵，量为正餐的三分之一即可，时间最好睡前一两个小时左右，要比较清淡、易消化，如牛奶、果汁加饼干等等。

值得注意的是，高考期间不要给孩子喝太多冷饮来消暑，过多冷饮会引起闹肚子，可以喝凉白开水、绿豆汤、酸梅汤来消暑。

11. 孩子在考场门口紧张怎么办？

马上要进入考场了，孩子适度的紧张是完全正常的，家长不要担心，如果过分紧张则会影响孩子考试的临场发挥，家长不妨让孩子试一试下面克服紧张的小方法：

◎ 呼吸放松法

正确运用深呼吸是调节情绪简便易行的方法。深呼吸要注意两个要领：一是缓慢地、有节奏地吸气，缓慢有节奏地呼气。二是吸气后停 1 至 2 秒钟再呼出。在呼出气时，立刻感受肌肉的放松状态。

◎ 双手钩拉法

做法是双手弯成钩状互拉，拉紧放松，再拉紧再放松，如此反复几次，情绪就会逐渐放松。

◎ 调侃放松法

进场前与同学相互调侃，开玩笑，营造一种宽容、活跃的气氛，降低考试的紧张氛围。

◎ 临场活动法

紧张情绪会使体内产生大量的热能，所以可以让孩子在进入考场前稍稍活动一下，可以走动、小跑、摇摆、踢腿，使热量散发。

◎ *闭目养神法*

闭目，舌抵上颚，用鼻吸气，设想一个人走在幽静的森林里，怡然自得。

◎ *凝视法*

确定一个距离较远的明朗的物体为目标，凝神并细心观察、分析该物体。

◎ *心理暗示法*

根据自己的实际情况定一个适合自己的考试目标，把成功的标准与这个目标相联系。以此为前提，暗示自己："我平常知识学得扎实，考试会成功的"，"我对自己做什么很有信心"，"我感到比较轻松"等。考场上看到别人埋头答卷，不要紧张，不用担心，而要告诉自己："别人是在那里瞎忙，答题要自我感觉良好，答题正确率才高……"，这样方能把情绪调至最佳。也可以伴随深呼吸去排除杂念，并心中默念"我有把握考出我的最好水平"、"我没有什么问题"、"我已经平静了"，反复几次可能会立时换来自信。

12. 高考期间失眠怎么办？

高考前夜、高考第一天的晚上，有些孩子会因为十分担心睡不好，到了睡觉时间甚至很早就硬躺到床上强迫自己入睡，躺在床上越想睡越是睡不着。其实，这是孩子对睡眠过分关注、过分高估了失眠后果导致的结果，陷入了担心睡不着睡不好形成心理负担，心理有负担反过来又影响入睡的恶性循环。家长这时候要帮助孩子进行如下调整：

首先，要引导孩子把失眠这件事情看淡，告诉孩子，对于处于青春期的孩子来说，身体年轻，即使考试那两天不睡觉，只要自己不紧张，并不会产生很坏的结果，因此要放平心态，睡不着不强求，一般来讲失眠不会影响成绩，但如果因为失眠影响心情，给自己"没休息好"、"睡不好考不好"的消极暗示才会影响考场发挥。

其次，家长要告诉孩子，很多学生在高考期间都会失眠，这是正常现象，所以大家都一样，只要提前做好可能睡不着觉的心理准备，那么失眠的心理压力就不会那么大了。

再次，家长提醒孩子睡觉时不要再想第二天要考试的内容，排除一切杂念，可以提醒孩子想一些让他感觉轻松舒畅的景象。

提醒家长尤其注意的是，如果孩子平时不吃安眠药，考前千万不能因为失眠而吃药。

这里，各位家长可以向孩子介绍几种快速入睡法：

摆动法：自由站立，全身放松，双手有节律上下摆动，双腿带动身体进行有节律的抖动，十分钟左右。

自我按摩：和做眼保健操一样，先用手指在眼眶周围推，然后揉太阳穴以及眉心各两分钟，然后按颈椎两侧的下陷处即风池穴三分钟。

深呼吸：睡觉前数自己呼吸的次数，同时做深呼吸。呼气时尽量呼尽，吸气时尽量吸足，想象气吸入腹部。吸气呼气都要慢。

13. 一科意外失利怎么办？

有些孩子一科考得不理想，容易产生消极情绪，对考得不好的科目耿耿于怀，觉得考砸了，产生慌乱心理，从而导致下面考试科目不能正常发挥。这时候家长要安慰孩子不要着急，给他打气，以良好的状态迎接后面的考试：

第一，让孩子进行自我安慰：我不会做，别人也不一定会做。高考遇到不会做的题很正常，不与别人比较，只看自己，发挥出自己的水平就是成功。

第二，后面补偿法：提醒孩子在一场考试中前面的题不会做，后面的题来补偿；在整个考试中，前面科目失误了，后面的科目来补偿。

第三，提醒孩子考试期间不跟别人对答案，不讨论不会做的题目，不找老师解题，避免因为考试中的错题影响自己接下来考试的情绪。

14. 考试中孩子身体突发不适怎么办？

家长要提醒孩子，如果在考试过程中觉得身体不舒服，不必过分担心害怕，一定要稳定好自己的情绪。如果是拉肚子、中暑等急症，可以服用一些泻立停、藿香正气等药物来做紧急治疗；如果是鼻子出血等症状，可以向考点的医生索要止血物品来止血，等等。考生可以带一些自己常发病症的药品，但不要吃镇静药。总之，考生如果在考试过程中感到身体不适，一定要举手向监考老师示意，求助所在考点的医生。经过医生的治疗后回到考场，平静一下自己的心情，从容完成接下来的考试。

15. 家长该不该陪考？

　　每到高考的日子，考点学校的门口总是围着密密麻麻的陪考家长们。陪考有好的一面也有不好的一面。

　　好的方面是有父母陪着，遇到紧急情况，父母凭着丰富的经验可以及时处理，不会使考生造成无谓的着急、紧张。对独立性较差、依赖性强的孩子来说，家长陪考也是一种心理上的支持。有了家长陪考，午饭、午休家长会安排得很好，孩子也能在上考场前、考试结束后得到家长的鼓励，有利于考试的发挥。

　　不好的方面是，一些独立性强、自主能力强的孩子不愿意父母陪考，希望能通过高考历练自己，父母来陪考对他们而言反倒是一种不信任，也是一种无言的压力。另外，孩子也不太喜欢下考场后家长不合时宜地问东问西。无论孩子考得怎样，家长只要问问孩子感觉如何，然后鼓励孩子进行下一科的考试就可以了，不要问难不难，做得好不好，分数会怎样之类的问题。

　　有些情况还是需要家长陪考的。如果家离考场比较远，交通不方便，考点所在地孩子又不是很熟悉，那么家长陪同可以帮助孩子做紧急情况的处理，甚至家长也可以跟孩子商量高考期间住在考点附近的宾馆，这样不仅能够保证孩子按时到达考场，还能保证孩子有充分的时间进行休息、调整，避免顶着烈日遭受奔波之苦。但是不提倡家离考点近还要住考点附近宾馆的做法，因为孩子换环境需要适应的过程，旅馆的环境和家里很不一样，换环境容易影响孩子的睡眠和休息，而且有些自制力不是很好的孩子住在新的环境，如果还遇到同学，上下串门，过于兴奋，反而影响到第二天的考试。

另外，如果高考期间孩子身体不适，为了预防万一，最好有家长陪同。如果孩子是精神压力太大，承受能力又比较差，家长还是陪同为好，以免有意外情况发生。

总之，要不要陪考，尊重孩子的意见为好。孩子不让陪考，家长正常做自己的事情，在家里做好后勤保障工作；孩子乐意陪考，家长遵循少问、多鼓励的原则即可。

考后

16. 因为考试时没有发挥出自己的水平，分数出来后比平时都低，孩子一直情绪低落，如何帮助他？

首先，家长应该先调整好自己的情绪，孩子考得不好家长肯定也会有失望，家长要先消化掉自己内心的失望之后才能以平静的心态帮助孩子调整情绪。如果家长不能处理好自己的消极情绪，孩子会很敏感地捕捉到，那么家长内心的失落对孩子来讲就是一种伤害。

家长的情绪稳定后，就可以帮助孩子调整他的情绪了：

第一，家长先让孩子发泄出自己内心的负面情绪。家长可以问问孩子，愿不愿意和自己聊聊，让孩子倾诉一下内心的感受和想法，或者让孩子在家长怀里大哭一场发泄一下。

第二，当孩子发泄出自己的负面情绪，家长可以带孩子出去玩一玩散散心，或者让孩子经常和同学朋友出去玩玩聊聊，或者鼓励孩子做一些他喜欢的事情，让孩子进一步稳定自己的情绪。

第三，当孩子能够情绪稳定地来面对既成事实的时候，家长要和孩子探讨孩子今后的设想是怎样的。是不甘心自己这一次高考的失利通过复读再一次挑战自己？还是接受被非第一志愿或非理想批次的院校录取甚至没有学上的现状？这时候家长可以给出自己的建议，但是决定权在孩子自己。如果孩子选择复读，那么要帮他分析本次考试失利的经验教训，以及复读将要面临的困难和挑战，让孩子做好充分的心理准备，如果孩子选择接受现状，那么提醒孩子要调整好心态适应新的环境，并在分析此次失利原因的基础上鼓励孩子在不理想的环境中积极适应，力争做到更好，争取在下一次的人生选择如继续深造、考研、找工作中有比高考更好的表现。当孩子做出了自己的决定，家长就要鼓励孩子为自己的决定做好各种准备，制订计划并付诸行动。

总之，当孩子高考失利后，家长要始终陪伴在孩子身边，支持他，鼓励他，并为孩子提供力所能及的帮助。 （以上任艳红）

17. 考完放松却病了，怎么回事？

高考后，一些高三家长反映，孩子考前还精神抖擞，考完后轻松了几天，却浑身不舒服。高三男生小林甚至在考后因过度玩乐而引发身体不适，住进了医院。事实上，学生刚走出考场，身心还处于一种"应激状态"中，负荷较重，此时突然式的放松是不足取的；有些考生可能本身就身患隐疾，只是由于忙于高考没有显现，一旦考后放松便会逐渐发作。所以一些考生考完后"恶补"娱乐活动，例如连续数小时上网聊天、通宵达旦看影碟等，由于过度放松导致体力透支住进了医院。那么，适当的做法应该是怎样的呢？

◎ 应该劳逸结合

不要让孩子在考后即彻底放松。至少在一周内应继续劳逸结合，保持一点点紧张状态，适当进行锻炼，逐渐地放松，以避免影响消化功能、神经功能等。高考就像长跑，跑完了不能一屁股坐在地上。

◎ 不能放任自流

考后可让孩子放松但不能过度玩乐。由紧张有序的备考阶段一下子过渡到无节制的玩乐状态，这对他们的心理和生理健康都极为不利。因此一定要监督好孩子，千万不能放任自流。

219

◎ 带孩子去做身体检查

一些考生可能原来就身患隐疾，只是由于高考的全心投入而没有显现。因此高考后一旦发现孩子有什么身体不适，应及时送孩子去医院检查治疗。如果可以，应该带孩子去医院做一次全面的身体检查。

◎ 注意饮食调节

一些家长为了保证孩子顺利完成高考，考试期间对孩子的饮食有所节制，但是考后却放纵其暴饮暴食，这样的做法也是应当禁止的。

（以上郑日昌）

志愿选择篇

沈湘秦　编写

1. 孩子说不知道自己该学什么专业，家长怎么帮他拿主意？

青少年，特别是处于青春晚期的十七八岁或更大一些的青少年，他们往往对周边的人或事有着自己独特的品评和见解；对于自己，相比青春早期（初中阶段），也在兴趣、爱好、特长、局限、价值观等方面有了相当的觉察和了解。

倘若家长也如是认为，那么在孩子高考选报专业这件事上，首先想的，必定不是如何帮忙拿主意，而是如何启发孩子表达自己的喜好与志愿倾向，换言之，是如何帮助孩子把知道的表达充分，而不是以"不知道"作为对话的拦路石。

遗憾的是，相当数量的家长们对孩子的认识常常跟不上青春发育发展的步伐，不是对长大了的孩子了解不够，就是把对孩子的认识固着在他们年少的状态。这既妨碍了父母和孩子之间当下的互动与沟通，也是多年来亲子之间交流不充分、模式欠妥的结果。

如今，都市里的高中生，即使没有系统的生涯发展培训课程，也并非在自我认知、职业探讨方面缺乏引导、教育。广义的教育来自师长亲友及社会新闻的职业世界信息，狭义的教育来自选修课程如心理健康课上的对个人兴趣、价值观、潜能、优缺点的挖掘分析。

高考专业的选报，既是中学学业的纵深延展，同时也可能是未来职业选择的前锋，这里说"可能"而不是"必定"，是因为一个人的职业选择有着多种因素的共同影响，并非高考这一个事件可确定。而所谓一个人生涯的发展、生活的品质，也从来不是单单大学经历就可以决定。我们的家长朋友，亲历了现代社会的高节奏、高竞争之后，容易对高考产生过度依赖的情绪，或者出于希望孩子少走弯路、求胜心切的心理，也容易对高考专业的选报产生焦虑情绪，从而导致实际上的代办、包办做法。且不说这些情绪会如何影响父母与孩子之间就选报专业所展开的交流，也不说这些做法会如何给孩子未来的求学过程埋下隐患，单单就因此而错失了一次任孩子锻炼自主抉择的机会而言，损失已经不可估量。

试想，行将成年或已经成年的青年，在专业选报这样关乎自己未来的大事上，如果退居其次，反而由家人来抉择、定舵，那么，他们能够什么时候，或者我们能够期待他们什么时候去担负起自己成长的责任、自己的人生呢？

事实往往不是青少年不能尝试去担负，而是父母不放心不舍得孩子走向独立。西方国家的青少年在十六岁前后已对自己学业发展、未来憧憬有过多种思考与自我抉择，这并非外国的孩子天生早熟，而是他们的家长、学校和社会早早地就倡导和实践着"放手式的爱"。如今，对于都市青少年而言，学校与社会已尽力在提供辅助，期待更多的家长学会放手，放手让孩子去抉择、承受和自我调整地走他们自己的人生路。

就如何启发孩子表达和理清自己的学业偏好方面，建议家长与孩子之间进行朋友式的聊天，而不是家长主谈过去的经验、未来的发展。首先，任何事物皆有利弊两面，选择任何一个专业都如此，事实上不存在绝对的好专业，只能寻求适合当下学业水平、孩子个性禀赋和兴趣特长的合适专业。其次，家长们出于现实的考虑，当前所谓的有前途有发展的专业，在四年后也未必继续火热。第三，当前重点高校多采取通才教育，入学之后有第二次选择专业去向的机会，对于不熟悉大学专业课程的家长和孩子，还有改变选择的机会。第四，目前受就业市场水涨船高的影响，本科毕业生考研深造的比例连年攀升，对于后知后觉型的青少年，这又是一次明晰自己从而改变学业方向的机会。所以，在选报专业一事上，我们不妨书生意气多一些，务实味道淡一些；轻松多一些，紧张少一些。

以下示例一种交谈方略，援引自柯云路老师的作品《今天我们怎么做父母》，引用如下：

家长：我现在把大学所有系的名字都说一遍，你对每一个系名做出反应，说出你的第一感觉。

家长：你愿意学哲学吗？

孩子：不。

家长：你愿意搞历史吗？

孩子：不。

家长：你愿意搞医吗？

孩子想了想：这个也先不吧。

孩子的回答是有差别的。第一句话特别重要，以后再说感觉都不对了。

家长：你想学国际金融吗？

孩子：这个——可以考虑。

家长：法律想学吗？

孩子：不知道。

家长：电脑呢？计算机呢？

孩子：这个还可以。

这样，家长一直把问题问下去，让孩子什么都不想，根本不要考虑家长的态度，也不要考虑哪个好考，哪个不好考，只谈自己的感觉。

当几十个专业都问完了，家长把孩子所有的回答都重复一遍。澄清孩子有不同层次的回答。这种回答就是孩子真心对每一个专业兴趣的取向。通过这种对话使孩子真正认识自己的倾向。在这个基础上，结合社会需要，最终选择理想的专业。

乡镇或农村青少年这个群体，由于其家长普遍对大学教育更加生疏，学校生涯教育资源相对匮乏，而且其自身发展与高考之间的关联较之都市孩子要紧密切实得多。我们建议这个群体的青少年选报专业时，家长应在保持一贯的充分信任（尽管是现实所迫）的前提下，双方分别多方咨询熟悉信任的师长、朋友，综合起来结合家庭现实和期待来填报专业。

如果能在亲友中找到学历较高社会经验较丰富的师长或学长，可以委托他们与孩子进行沟通交流，帮助孩子明确自己的兴趣爱好，然后考虑及早就业的现实，得到孩子的共识来填报。

无论是都市还是乡村，需要提醒家长的是，倘若孩子自己自始至终都抱定了要选报某个专业，切莫坚定不移地规劝其改专业而双方僵持不下。高考是孩子的高考，人生的路需要他们自己去践行，生活的经验也需要他们自己去积累。家长们需要看到社会发展的多元与无限可能，也需要看到孩子自身的力量和多种可能，最好的做法就是送上鼓励和祝福，让孩子们轻装上阵，勇往直前。

2. 到底是选学校还是选专业？怎么选？

这是一个没有标准答案的问题。学校是一个大环境，专业是一个小环境，都重要，又可以有所侧重。当然，前提是，选报的同学具备过硬的分数，否则，只能是被录取方选择了。

评价国内大学的优劣，最科学、最有效的两个指标是"国家重点学科"数量和"国家重点实验室"数量的多寡。因为"国家重点学科"，代表高校的某个学科所达到的全国最高水平；而"国家重点实验室"则反映出高校相关领域的科研水平处于国内乃至国际的领先地位。就"国家重点学科"而言，目前全国一共有964个，虽然绝大多数被"985工程"大学和"211工程"大学占有，但仍有78个国家重点学科被一般普通院校（二本院校）瓜分。有专家认为，沿着"国家重点学科"这条路去选专业、挑大学是另外一种填报高考志愿的好方法，且适宜所有报考"二本"及"二本"以上院校的学生，特别是文科生。

是否选择名校呢？名校的好处不言而喻，比如越来越多的用人单位在招聘毕业生时，已将大学是否属于211或985项目作为入门要求；名校之所以著名，自然在校史、校园文化、科研水准、师资力量和学生来源及去向等方面走在前列。这里需要说明的是，有一些专业性极强的大学，虽然并没有获评211或985项目，但在其行业系统内部却首屈一指，实际也是名校。比如电力系统的华北电力大学。单纯地选择名校，未必是一个理性的抉择，因为毕业后走向职业市场时，不少用人单位更注重专业排名。除非所选大学是国内一线知名学府，否则，在一所综合大学里学习某个不知名的专业，在校期间既难以享有与大学齐名的专业资源，在未来毕业或深造时也极可能不占优势。

因此，具体在选择学校时，既可以综合考虑学校的总体实力，即从211、985工程的入围大学或专业大学中寻求大学的综合排名，也可以就自己关注的某一两个方面寻求对应的大学排名次序。比如，如果偏好学医的同学，可以就医学院进行排名，也可以就临床或医学理论分别进行大学的排名；偏好理工的同学，可以就综合大学进行大学排名，也可以就理工类国家重点学科进行大学排名，或者就大学实验室设施进行大学的排名。然后就排名次序，结合近年各校在自己考区的录分线、自己高考或模拟考试的成绩加以选择填报。如此可以规避到一些风险，兼顾大学与专业双环境。

选择专业的填报方式，相对而言比较简单。因为各个专业的业内排名信息充分明了，考生需要面对的主要是两方面的问题。一是排名靠前的专业无论在哪所学校，都是录取分数最高的专业，竞争最激烈的专业；二是好的专业可能存在于或映衬出相对单调或平淡的大学氛围。所以，考生必须要考量自己的高考成绩，慎重填报；同时，也需要对未来的大学所处的地理位置、校园规模等等有充分的了解和心理准备。

最后需要指出的是，偏重于选择学校的考生，需要做好专业被调剂的心理准备，偏重于选择专业的考生，则具有志愿被跳过的风险。除非有明晰的偏好，我们建议考生在学校和专业之间的考虑上尽量兼顾。比如选就一所大学时，可从兴趣爱好、就业前景、家庭期待这几个方面分别锁定一两个专业进行填报。反之，在专业优先的选择过程中，也可就自身理想、现实需要、家庭期待这几个方面分别投报几个大学。这样，无论被哪所大学哪个专业录取，都堪称"己所欲也"，能够欣然接受。

3. 怎样根据孩子的成绩报考志愿？

当前，我国高考填报志愿的时间或方式有三种：考前填报、考后填报和公布分数后填报。而影响考生是否被录取的因素一般有四个：高考成绩、自己的成绩在本省（区、市）所有考生中的位次、所报考学校报考人数的情况、所报考学校的投档线和录取线。不论哪种填报方式，影响考生是否被录取的后两个因素都是绝对未知的。因此，填报高考志愿必然有一定的风险。家长需根据不同的填报方式鼓励孩子实事求是地选择专业，而避免自己望子成龙的过高期待干扰孩子的选择。

第一种填报方式：考前填报。

考前填报的重点在于明确自己的实力。具体而言，考生需对自己所在学校连续几年的升学情况、自己平时的成绩在本年级学生中的排名、自己参加模拟考试的成绩、自己的性格类型以及参加考试的心理稳定状态等因素做一个详细的分析，根据以上信息，在征求部分老师以及家长意见的基础上进行填报。

第二种填报方式：考后填报。

考后填报的关键在于准确估分。如何能够比较准确地估算自己高考的分数？首先要有清醒的头脑，对高考的情况有比较清楚的回忆；其次，估分要实事求是，应客观地估计自己得分的区间值，上下浮动10分之内才算正常。只有对自己的高考分数有一个客观的估计，才方便再根据估分的情况确定自己要填报的志愿。

第三种填报方式：公布分数后填报。

当前高考招生工作透明度越来越高。对于公布分数后填报志愿的省（区、市）的考生，他们不仅可以查询自己的高考成绩，而且还可以查询自己在全省（区、市）考生中的排名，这就为考生填报志愿提供了很好的帮助。此类考生最容易出现的问题是志愿扎堆，相当数量的高分考生容易集中到某些名牌大学，并最终导致部分高分考生落榜。高分段的考生不妨拓宽思路，多从自身特点出发，选报真正适合自己潜力、兴趣的专业和学校，切莫盲目追逐热门专业和大学品牌。

考生除了估计自己的实力，还需要对高校录取规律有所了解。这里简单说一下录取线和投档线。

录取线分为各省（区、市）最低录取分数线、各高校录取分数线、高校的专业录取分数线。这三条录取分数线对考生的升学都有重要的影响。

各省（区、市）的录取分数线从高到低分为三个部分：本科录取范围（普通本科线以上，一、二、三本均在相应控制线上）、专科录取范围（专科线以上，一、二批次也在相应控制线上）、落选范围（专科线以下）。需要注意的是：各省（区、市）的一本线一般是按一本院校投放的招生计划总数、考生成绩并加大一定比例划定的。过了一本线的考生才有资格参与一本院校的录取竞争。而是否被录取，还需要看"上线考生"是否达到了招生学校的投档线，且在择

高三考生家长总动员

优选择中更符合招生院校的要求。

投档线（调档线）的全称是招生院校投档分数线，是省级招生部门在投档前，根据招生学校当年招生计划并扩大一定比例（一般是1:1.2），按照填报该校志愿考生的成绩，从高分到低分排序形成的，是省级招生部门给各招生学校提供考生档案的最低成绩标准。通常情况下，投档线会高于或等于省（区、市）划定的该批次最低录取控制线。一个考生在志愿中选报了某高校，能不能被录取，首先取决于考生的成绩是否达到了这所学校的投档线。

各招生高校的投档线，一般在每个批次投档前确定。做法是由计算机对照各学校本批次录取的生源计划数，再按公布的投档比例，如1:1.2，确定一个投档数（通常投档数＝生源计划数×投档比例）；再按投档数来对应第一志愿报考某学校的考生成绩，将成绩从高到低排序，所排的位次等于投档数的那名考生高考各科成绩总分，即为投档线。如某学校计划招收200人，乘上1.2的比例，即确定为240个投档数，再把投档数与报考某校第一志愿的考生成绩排序，第240位考生的成绩，就是该校的投档线；如省控线上一志愿考生报考数不能达到某校投档人数，则本省的该批次最低控制分数线为该校投档线。

4. 怎样实现志愿报考中诸如兴趣与现实、分数与潜能、大人期望与孩子心愿之间的协调？

高考这件大事既考查了孩子多年的学习储备、思想和心理的成熟度，也考量了一个家庭的养育理念、亲子互动模式。

一方面，是孩子自身的兴趣爱好、潜在能力倾向及心愿；另一方面，是家庭或社会的现实、高考实际得分及家长对孩子的期望，常常难以兼得。身为青少年的孩子，对风险考虑得少对机会考虑得多，这是他们的天性；身为中年人的家长，考虑风险多于考虑机会，这也是他们的后天习得，或者说是成年人的特性。彼此之间达成完全的一致，实在是比高考更艰难的事。与其追求一致，不如求同存异，加强沟通，以此为交流的新契机而增进彼此的了解和亲情。

首先，家长需要客观地看待孩子的学业储备和实际能力，不宜高估或过高期望，从而给孩子不必要的心理压力，或使孩子被迫选择自己不感兴趣的学校、专业。进入大学之后的青年在自我觉察和没有看护的情况下，二度更换父母指定的专业、学校的例子比比皆是。希望家长能够在填报志愿之时保持平常心，理性看待孩子的大学之路。

其次，希望参与专业选报过程的家长有必要广泛搜集、整理高考咨询、高校信息，以便客观地、有所针对地、与时俱进地给予孩子参考意见。

第三，以朋友交谈的方式，重在启发孩子表达并澄清自己的偏好、志愿，多以商量、民主的气氛、语气进行交谈，用心聆听孩子的想法，可全家参与。切忌一味说服以至于代办包办。

第四，高考有输赢，志愿录取有输赢，填报志愿的过程也有输赢，且影响更深远。一个家庭可以输了录取、高考，但不宜输了敦促、锻炼孩子自主选择的能力，更不宜输了孩子自身独立负责的成长热望。

5. 在国内读大学和在国外读大学到底哪个对孩子发展更有利？

这不仅是一个仁者见仁智者见智的问题，也是一个八仙过海各显神通的问题，受许多因素的影响，并不能一言以蔽之。

留在国内，并非决然没有机会领略国外的种种。比如一流大学常聘有外籍或留学归国的教授；比如二三线大学也有许多外联项目，其大二或大三的学生通过相对容易的内部选拔即可派送国外交换留学，毕业时获得国内国外双学历；再比如，多数高校都有留学生部，中国学生可自由结识来自世界各地的国际友人；又比如网络时代里，不管身处何处，都可以观赏到耶鲁、哈佛等顶级世界名校的全真课堂。当然，这一切的前提是，大学生有拓展视野的需求、进入高校后勤奋向学、所追求的国外资源是真正质优的资源。

留在国内，对于将来在国内生活和发展的青年而言，自然有其近水楼台先得月的优势；但同时也需要看到，当前，出国留学已成平常百姓事、国际化人才的强大竞争力等这些社会大背景。此外，除非有奖学金，出国留学的经济成本也需在整个家庭的考虑之中。对于有志于出国定居和发展的青年，高考后有机会留学，从时间成本上而言，当然是最优的。

走出国门，也并非百利而无一弊。异国文化的适应和文化差异带来的冲突需要自己逐渐消化，随着留学生数量的增多、低龄化的趋势，越来越多的报道显示，不少中国留学生人在海外，却长期难以融入甚至从不融入当地社交网络，基本保持着本国留学生聚居和社交的局面；大学可以说是我国青少年踏入社会的第一步，这一步迈在异国社会土壤而不是祖国，难免会对青少年的人生观价值观产生难以逆转的影响，对其日后返回国内生活和发展会带来二次融入与适应的问题。此外，国外大学林立，错综复杂，并非口碑都过硬，为了出国而贸然投奔的做法从长远看并不可取。最后，作为独生子女居多的一代青年，如果孩子留学毕业后决定定居海外，家长是否有此心理准备；如果毕业后回国发展，身为海归的孩子以及海归的家长，是否能够将心态调平，理智地预期孩子的职业发展、生活前景。因为事实证明，除非海外名校毕业或有真才实学，国内高校的毕业生在综合竞争力上并不逊色于其他的归国留学生。

总而言之，家长需要首先清晰自己所看重的"发展"具体是什么，是海归的身份、移民的前奏、国际化竞争力、开阔视野、世界领先的教育资源，还是实现家长自己的留学梦，等等。明确之后，再果断抉择，但要避免求全责备，要做好一切皆有可能的心理准备，鼓励孩子争取奖学金自食其力，或者家长自掏腰包让孩子留学镀金。

总体而言，目前高中生中，出国留学逐年升温。这既体现了国民经济实力的增长，也体现了国民对质优教育资源的需求在攀升。国外大学在科研、教学、教育理念及学生学习环境、学生待遇等方面的确有值得国内有关部门反思和学习的地方，作为个人，在哪里读大学和生活是公民的自由；但作为一代人一个民族一个国家，优质生源或越来越多的青少年走上留学移民路，实为让人心怀隐忧，觉得这是民族的损失、国家的遗憾。

饮食营养篇

张良如 郑日昌 编写

1. 考试期间饮食有什么基本原则?

考试饮食的总体原则，可以归纳为以下三个方面：

◎ *首先，要注意饮食卫生，避免任何形式的食物中毒*

最好父母亲自选购食物，为孩子制作三餐。食物的做法，要按照孩子的体质而定。如果孩子脾胃虚弱怕冷，就要少吃冷饮和凉菜；如果孩子消化不好，就不要给他吃油腻煎炸；如果孩子容易上火，就要吃得清淡一些。凡是有可能发生过敏的食物，或者引起胃肠不适的食物，都应当非常慎重。

◎ *其次，保持习惯就可以*

我们家长在学习上往往帮不了多大的忙，就想在饮食上为孩子创造最好的条件。这种心情随着高考的临近而日趋迫切。很多家长都精心设计菜谱，甚至做多种补品，生怕孩子缺乏营养，或者是在繁重的复习中恢复不过来。其实这样做大可不必。如果我们在平时就能做到营养均衡、合理配餐，那么现在只要坚持下去就可以了。最好不要打破先前的生活习惯，因为让孩子适应新的饮食习惯也需要一个过程，可能还会增加不必要的麻烦，如引起胃肠不适等。

◎ **再次，就是要供应能够稳定血糖、B 族维生素含量又高的食物**

食物不要完全精白细软，因为这样的食物血糖波动太大，不利于长时间的脑力活动。配合一些粗粮、豆制品、蛋类、奶类和少量肉类，可以提供大量的 B 族维生素，它们是考生高效思维所必需的因素；同时，这样还能延缓血糖反应，让大脑在三小时内有持续的能量供应。

◎ **最后，为了保证高效的复习和良好的睡眠，晚餐吃七八成饱即可，多吃蔬菜和豆制品，肉类不过多，烹调不油腻，以便餐后不会昏昏欲睡，夜间不至于影响睡眠**

这里稍微解释一下：

大鱼大肉不适合考生。在各种食物当中，最难以消化的就是富含蛋白质和脂肪的食品。蛋白质类的食物需要较多的胃酸和蛋白酶，氨基酸被吸收之后的后期处理也最复杂，所以吃高蛋白食物给胃和肝脏带来的压力都比较大；而脂肪多的食物排空慢，还需要较多的胆汁来帮忙。淀粉类食物在煮熟之后比较容易消化，各种熟蔬菜也是容易消化的，处理它们所耗的能量少一些。学习了一天，饭后还要继续学，那么就不能多吃那些给消化系统带来沉重负担的食物。压力越大，就越需要吃清淡简单的食物。尽量降低消化系统对人体精力和能量的消耗，才能保证饭后不至于昏昏欲睡，脑力效率下降。

薯类豆类有利于考生。补充大脑活动所需的营养成分，以水溶性维生素和磷脂最为重要。磷脂是与记忆有关的神经递质乙酰胆碱的合成原料，在蛋黄、大豆中最为丰富。维生素中最要紧的是维生素 B1，因为它在人体中的储存量最小，几天不足就可能对学习效率有所影响。其他如脂溶性维生素和微量元素，都不是几天内能看出效果差异的营养素。因此，适当吃些粗粮薯类豆类来补充 B 族维生素是有必要的。另一方面，这些食品的血糖反应比较低，有利于长时间维持精力和情绪的稳定，有利于保证学习的效率。

深绿色蔬菜稳定情绪。另一些有利于稳定情绪的营养素是矿物质。减少钠的摄入，增加钾、钙、镁的摄入量，有利于保持情绪沉稳平和。多吃蔬菜和水果最有帮助，特别是富含镁的各种深绿色叶菜和富含钙的酸奶，对抵抗压力最为有益。在需要长时间集中精力时，除了调整食物品种，还可以减少正餐食量，两餐之间适当加餐。这样的饮食习惯，正是为了在餐后 3 小时血糖下降、精力不足的时候适当"充电"，以提高学习效率。

避免吃过多加工食品。加工食品中的香精、色素、磷酸盐等成分可能对情绪造成不良的影响，不利于集中精力。

2. 挺重视给孩子吃早餐的，可是早餐吃什么好呢？

早餐中，如果淀粉食物、高蛋白质食物和蔬菜水果三类食物齐备，就是合格的早餐了。如果再加上一小把坚果仁，就是优质的早餐了。这样的早餐就适合于考生。因为孩子从吃完早饭到考试结束，通常都需要 3 小时以上的时间，甚至更久，如果早餐马马虎虎，就难以保证几个小时之内稳定发挥高度的思维效率。

至于早餐是中式还是西式，并不重要。比如说，吃两个菜肉包子，加一碗小米粥，一个蛋，再加上一把草莓，就是很好的早餐了。再加上一勺核桃仁，就更为理想。

3. 听说牛奶能安神，可是孩子早上喝奶会不会让人昏昏欲睡影响学习？

没有这样的麻烦。牛奶在晚上喝对安眠有帮助，不等于它是一种催眠食品。早上人体处于逐渐进入兴奋的状态，一杯牛奶不会改变这个趋势。相反，牛奶中大量的钙以及牛奶蛋白分解产生的安神肽，能够帮助人体保持一种心平气和的状态，正好有利于克服考试期间的烦躁不安感。在钙缺乏的时候，人们往往会过度紧张，耐性不足，这是考试的大忌。

不过，牛奶虽好，如果孩子平日不喜欢喝，或者喝奶之后腹胀腹泻，就不要刻意去喝奶了。可以换用酸奶。青少年通常都很喜欢喝酸奶，而且酸奶没有不耐受问题，又有利于消化吸收。

4. 听说生食品维生素最丰富，是不是蔬菜都吃生的最有利于脑力？

不一定。蔬菜生吃有利于保存维生素 C 和叶酸，但不必所有蔬菜都追求生吃。因为考试期间最要紧的是饮食卫生，生吃蔬菜对卫生要求更高。同时，有部分孩子平日不习惯于吃生蔬菜，或者吃生冷食物容易腹泻，这些孩子应当以温热食物为主。把菜做熟了吃，只要烹调不过度，菜炒得不太软烂，不用煎炸方法，也能得到蔬菜中的大部分维生素。

5. 听说海鲜类的食物含有 omega – 3 脂肪酸，对脑子最好，是不是多吃海鲜有帮助？

不一定。海鲜类食物高蛋白、低脂肪，含有 omega – 3 脂肪酸，是大脑的重要组成部分。但是，人类的大脑细胞增殖在幼年时已经完成，成年后补充大量 omega – 3 脂肪酸并不会让大脑细胞有什么明显变化。对于平日很少吃海鲜的孩子来说，突然多吃海鲜，有可能引起胃肠不适，甚至有部分孩子对某些海鲜食品有过敏现象。

6. 平日家庭餐桌太平淡了，总是老几样。高考时想要做些好吃的，又不知道该吃点什么新鲜东西。怎么办？

不用这样烦恼。如果平日饮食平淡，考试期间突然做很多不一样的食品，在无形中会加大考生的压力。其实高考不过是一次考试而已。既然平日都能考好，这次只要正常发挥就可以了。家人只需考虑在食物多样化方面适当改善即可，不要引入平日没有吃过的很多新食物。因为新食物可能会让孩子分心，而且因为平日没吃过，还可能存在过敏、不耐受、胃肠不适等问题。

（以上张良如）

7. 是否该为孩子选点滋补品？

有些家长可能还比较关心吃滋补品的必要性。在这段时间里，很多的家长只要一听说有什么滋补品就蜂拥而至，大包小包地拎回一大堆让孩子吃。专家认为，不要乱吃补脑药，否则会适得其反，干扰正常的脑功能。"吃营养品热"是家长过分保护式教养方式的表现，其结果只会使得家庭气氛紧张而不利于考生调节心态。不要盲目吃大量的补品或不习惯的东西，还是吃一些清淡且以前熟悉的食品为佳：平平淡淡才是真。

脑滋补品中的不饱和脂肪酸、维生素、微量元素等营养成分都可以通过正常的饮食摄取和体内合成获得。对于家长而言，与其把希望寄托在脑保健上，不如合理搭配饮食结构，保证孩子营养均衡，同时在生活起居上加强调理，使孩子休息得当，那样会更有利于他们的身心发育。

8. 孩子很疲劳，可否服点抗疲劳药物和镇静剂？

随着高考的临近，考生的学习量越来越大，身心很容易疲劳。为了"抵制"瞌睡，不少学生靠吃抗疲劳药物或喝浓茶、咖啡等镇静饮料来提神醒脑，以调节学习状态，提高学习效率。事实上，这样的做法效果并不好。因为人的大脑有自我调节的功能，如果长期靠吃抗疲劳药物或喝浓茶、咖啡等镇静饮料来使自己的大脑处于兴奋状态，久而久之，大脑本身的调节功能会逐步退化，从而养成对咖啡因的依赖，不吃抗疲劳药物或喝浓茶、咖啡等眼皮就止不住地往下垂，于是在考试前也需要吃抗疲劳药物和喝浓茶、咖啡等；而且在高考时，人的情绪会出现高度兴奋状态，如加上药物和咖啡的刺激，过分兴奋反而导致大脑中枢神经系统处于抑制状态，从而影响考试的正常发挥。另一方面，过度的咖啡因摄入会造成情绪焦躁不安、注意力不集中等后果。因此，家长要让孩子远离抗疲劳药物和各种镇静饮料，引导孩子进行多种方式的休息，如多时段睡眠、多运动、适当娱乐等。（以上郑日昌）

作者后记

　　高考结束。此时此刻，不管结果如何，参与其中的每一位家长一定都会有如释重负的感觉。其实，高考只是人生路上的一处驿站，孩子在这里学到了人生中最重要的品质，诸如坚持、顽强、不放弃、负责、自立等，这才是最为重要的，有了这样的品质，一次考试的成败还重要吗？

　　还是回到本书。全书大纲在广泛征求意见的基础上，由两位主编最后确定并加分类。全书成稿后，由两位主编最后总纂定稿。

　　如果这本书中最少有一个问题对家长们有所启发，我们便感到不胜光荣。应当说明的是，尽管书中的问题来自各位编写者多年的积累，但肯定仍有重要方面未曾提及；尽管每位编写者都力求要言不烦，但统观全书，许多地方却难免有必要的重复和提醒——这也是编写过程中，最让编写者们感到为难的地方，请读者鉴之谅之。

　　我们当然也期盼这本书再版时更加完善。虽然您的孩子已经高考完毕，但我们仍然呼吁您把自己遇到我们却没有提及的问题与我们分享，您对本书的意见或建议也都可与我们交流。欢迎您登录新浪博客：机工大众图书 http：//blog. sina. com. cn/u/1935911494 留言。

　　最后，祝愿每一位莘莘学子都能有一个远大的前程，这或许也是每一位家长的切切心愿。

2011 年 8 月